【最強の整備士】役立たずと言われたスキルメンテで俺は全てを、「魔改造」する!

“Saikyo no seibishi” Yakutatazu to iwareta skill mente de ore wa subete wo, “Makaizou” suru!

～みんなの真の力を開放したら、世界最強パーティになっていた～

2

手嶋ゆっきー

Illustration
ダイエクスト

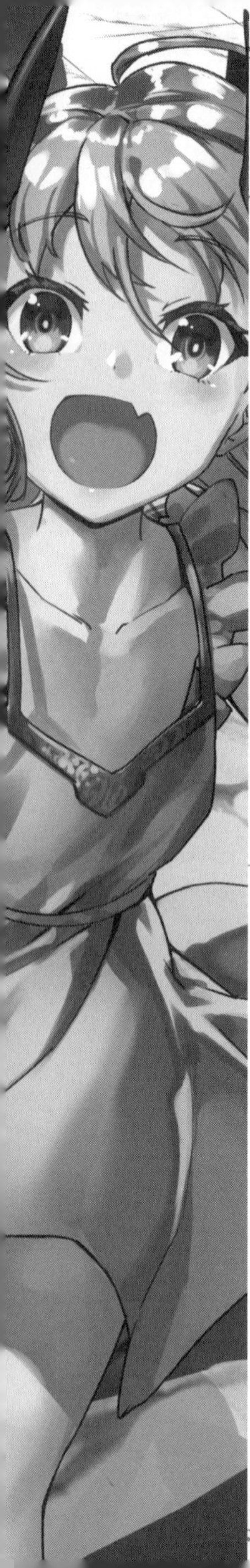

CONTENTS

第一章

"Saikyo no seibishi" Yakutatazu to iwareta
skill mente de ore wa subete wo,
"Makaizou" suru!

第一話　魔法学園

俺たちが乗っている馬車の窓から覗《のぞ》く街の景色がゆっくりと過ぎていく。今は昼前という時間帯で街には人通りが多い。

客室は立派で、華麗な装飾も施されている。内装の要所要所に銀竜の紋章が凜々《りり》しく描かれていた。

俺とリリア、妹のアヤメ、そして俺に用事があるというティアが客室に乗っている。ゴトゴトと車輪が動く音が聞こえるものの、室内は静かだ。

俺たちは、王都からようやく家に帰ってきた。いろいろと激動の事件があったのでゆっくりしようと思っていた。しかしティアという少女が俺を迎えにやってきて、それどころではなくなった。

「フィーグさん、馬車といってもいろいろあるのですね」

俺の横に座るリリアが、馬車の外を眺めながら俺に言った。ブロンドの髪の毛がふわりと揺れている。

尖《とが》った耳を上手に隠しているため、傍《はた》からは人間にしか見えない。しかし、リリアはエルフだ。よく見るとその神秘的な美しさは人間離れしているので気付く人はいるかもしれない。

「初めて会ったときは乗合馬車だったからな」

「はい。随分前のように感じます」

そう言って、俺に体を寄せるリリア。彼女とは俺が勇者パーティを追放されてから、ひょんなこと

で出会い一緒に行動している。

リリアは剣士であり、細身の剣を携えている。

「アヤメさんは、このような馬車にはよく乗るのですか？」

リリアが俺の前にいるアヤメに話しかける。

「いえ、あたしも初めてなの」

アヤメは俺と同じ茶色の髪の毛を束ねていて、その様子は顔立ちにまだまだ幼さを残している。

妹というひいき目なしに可愛いと思うのだが、学園ではモテるのだろうか？

アヤメは魔法学園の制服を着ている。家にいるときは別としても、他に服を持っているハズなんだけど、頑なに外ではこの制服を身につけて出かけている。

俺は、そのことを尋ねてみようと思い口を開いた。

「そういえば王都でもずっと制服着ていたよな？　別に買っても良かったのに」

「あー。うん……あたしはこれでいいの」

そう言ってアヤメは、はにかんで頬を赤らめる。

「あたしね、お兄ちゃんのおかげで学園に通えているから……だから、それをみんなに知ってもらいたいの。自慢したいって思っていて」

ふうん、と俺はうなずく。

本当に俺に感謝してくれているのだろうけど、ちょっとこそばゆい。

「まったく……フィーグ様がアヤメのお兄さまだったとは……早く教えてくれれば良かったのです」

アヤメの隣に座っているティアが口を尖らせる。

ティアは、リリアとほぼ同じタイミングで出会ったコスプレ精霊召喚士だ。あのときは、今の制服姿ではなく、もっと大胆に肌が露出する布を身につけていた。何やら怪しげな術を使いそうな雰囲気の衣装。

もっとも、そのコスプレは召喚術になんの意味もないのだが。形から入るのが彼女のモットーらしい。

しかし、こんな豪奢《ごうしゃ》な馬車を引き連れてくるということは、貴族、それもかなり地位が高そうな気がするが……そのことを話そうとしない。

ティアの抗議にアヤメが反論する。

「だって、お兄ちゃんとティアが知り合いだったなんて知らなかったし」

「ふうーん。隠していたわけじゃなさそうね」

「うん。で、どうやって知り合ったの？」

「あはは……えーっと……まあ、普通に出会ったというか」

「ふうん？」

アヤメの追及に、ティアが顔を赤らめ視線を泳がせている。

俺と初めて出会ったとき、ティアのスキルが暴走して俺が【スキルメンテ】で整備して事なきを得た。コスプレ衣装だったし、思い出すと恥ずかしいのかもしれない。

「さあ、着きましたわ」

ティアの声に窓の外を見ると、大きな門とその奥に魔法学園の建物があったのだった。

◇◇◇

「まずは学園の学生食堂、『グラン・ウイング』で軽くお茶をしながら話しましょう」

ティアが案内してくれたのは学生会館という建物だった。

学生会館には生徒向けのショップなどがあり、学園関係者は無料で利用できるそうだ。

俺たちは部外者だが、ティアがいろいろと手続きをしてくれたようだ。彼女は何者だろうか？　学園でもいろいろと融通を利かせられるほどの力を持っているのかもしれない。

俺たちは、ティアに連れられて『グラン・ウイング』という看板が掲《かか》げられた食堂に入った。

それぞれに注文を行い、乗ってきた馬車と同じように座る。俺の隣にリリア、対面にアヤメ、そしてその隣にティアだ。

「で、私からフィーグ様へのお願いというのは――」

ティアが話そうとした瞬間、横やりが入る。

「おやおや……庶民の娘がどうしてここに？」

声の方向を見ると貴族然とした男がいた。アヤメやティアより少し歳上だろうか？

金髪の髪をきっちりと整えた端正な顔立ちの男だ。俺たちから少し離れたところで偉そうに腕を組みアヤメを睨《にら》んでいる。

「あ……セドリック様」

「気安く私の名を呼ぶな、庶民」

セドリックと呼ばれた男は、アヤメの挨拶を乱暴に切って捨てた。

アヤメの顔色が曇り、その様子に俺は苛立つ。魔法学園は以前、貴族のみが入学を許されていたが今は違う。庶民であろうと、優秀であれば入学ができるようになったのだ。

アヤメは優秀であり、ここにいてもいいはずだ。

「申し訳ありません……セドリック様」

アヤメが頭を垂れる。俺が文句を言おうとするより先に。その姿を見て、俺は立ち上がろうとするが一旦《いったん》、思い留《とど》まった。アヤメの立場を悪くするようなことは避けなければ。

「ふん、わかればいいんだ。最近、学園で起きている異変はお前が引き起こしているんじゃないか？」

「……っ」

異変ってなんだろうか？　何にしてもアヤメが原因というのはさすがに言いすぎだろう。俺は我慢できず立ち上がろうとするが、その瞬間、アヤメの視線が俺に突き刺さる。

アヤメを見ると、顔を横に振るのを見て俺はまた思い留まった。

「庶民が……ん？」

セドリックの視線が甘い蜜に吸い寄せられるようにリリアに向けられる。セドリックは、リリアに向かって口を開いた。

「ほう……これはなかなか美しい。こんな庶民など相手にせずに、私と話しましょう。どうせ隣の男も庶民なんでしょう？　なに、退屈はさせませんせん」

「え……？」

戸惑うリリアに愛想笑いを浮かべながら、セドリックが近づいてくる。そしてリリアに向けて手を伸ばし、彼女の肌に触れようとする。

俺はそれを見て堪《こら》えきれず反射的に手を伸ばしていた。アヤメのことといい、さすがにこれ以上は見逃せない。

「おい。いい加減にしろ」

「何？」

セドリックに触れた瞬間、俺の中のスキル【診断】が起動した。

『名前：セドリック・デ・アルト

戦闘スキル：

【聖属性魔法】ＬＶ３：《【警告！】：暴走状態　暴走により闇属性の魔法が発動》

【聖域】　　　ＬＶ５：《【警告！】：暴走状態　暴走により暗闇が発動》』

彼のスキル状況が俺の頭に浮かぶのと同時に、セドリックが目を丸くして俺の手を振り払う。

「おい、離せ！」

そこで俺も我に返った。気がつくと、周囲に多くの野次馬が集まっている。遠巻きに俺たちの様子を窺っているようだ。

しかしそれどころではない。レベルが低いとはいえ暴走状態だ。何が起きるかわからない。

「セドリック、君のスキルは暴走している。直ちに復旧が必要だ」

「はあ？　暴走？　わ、私は暴走などしない！」

「そんなことはない。誰でも無理をすることで調子が悪くなる」

「うるさいうるさいうるさい！　私を誰だと思っているんだ。だいたい、貴様は何者なんだ？　スキルの専門家とでも言うのか？」

専門家、というのはおこがましいがスキルに詳しいのは確かだ。

今まで何人ものスキルを修復し魔改造をしてきた。というか、俺はそれしかできない。

しかし、この焦り方、もしかして自覚があるのでは？

「ふんっ、貴様はもうどうでもいい。女、私の方に来い」

セドリックは俺を無視してリリアに向かって言う。しかし、

「ぷいっ……」

リリアは拗《す》ねたようにそっぽを向く。この光景、どこかで見たことあるな。

女性への誘いを無下《むげ》に断られたのがおかしいのだろう。周囲の人だかりからは、クスクスという笑い声が漏れる。

あっさりと誘いを断られた、いや無視に近い対応をされたセドリック。屈辱を感じたのだろうか。

顔を真っ赤にしつつ、叫ぶ。

「クッ。もういい！　お前ら、後で覚えていろ！」

そう捨て台詞を吐いて、セドリックは取り巻きを引き連れて立ち去っていった。

周囲のギャラリーも自分たちのテーブルに戻り始める。

うーむ、暴走は大丈夫だろうか？　心配になるが、あそこまで拒絶されるとどうしようもない。

「フィーグ様、話の続きをしましょう」

空気を変えるようにティアが明るい声で言った。そうだ、いろいろとあったけど、俺を呼びつけた目的をまだ聞いていなかった。

「実は、この学園なのですが、最近学生会館の地下から、妙な声が聞こえることがあるのです」ティアの話によると――。

少し前……そう、俺が勇者パーティを追放され、この街に帰ってきたくらいから異変が始まったらしい。

第二話　学園の異変

今俺たちがいる学生会館は旧校舎を改装したもので、他の校舎と違い地下一階部分があるらしい。

普段は地下に向かう階段の入り口の扉に鍵が掛けられ誰も侵入できない。なのに最近、夜にボソボソと誰かが話すような声や物音が聞こえるようになったという。

街に駐屯する兵士らに相談したものの、特に被害があるわけでもないため調査が後回しになっている。

「なるほど。でもそれ、俺にどうしろと？」

俺はスキル魔改造の能力があるが、戦闘できるかというと微妙な存在だ。もっとも、誰か戦闘職のスキルを取り込めば別なのだが、それも一時的なもの。

一つだけ、魔改造を行った人のスキルを保持できるだけで、それだけでは心許《こころもと》ない。

「フィーグ様のパーティには聖女様もいらっしゃるのでしょう？　もし悪霊の類いなら、祓《はら》っていただければと」

「聖女エリシスのことか」

「ええ。アヤメから少し聞いています」

聖女エリシス。別名、釘バットの聖女。ぶっちゃけ戦闘狂なのだが、アヤメは清楚な聖女の姿しか知らないらしい。

確かにエリシスなら聖女の能力は確かだ。もし本当に、地下から漏れ出る声の主が悪霊の類いなら適任だ。しかし、

「残念ながらエリシスとは今は別行動をしているんだ。王都から戻ってくるのかもわからない」

「……えっ」

エリシスは王都で起きたゴタゴタのせいで、俺たちと一旦別れることになった。今頃彼女が過ごしていたという診療所の建て直しをしているだろう。

ひょっとしたら、もう戻ってこないのかもしれない。それを思うと、少し寂しい思いがする。

「ま、そういうわけだ。俺とリリアで調べても良いが、役に立てるかはわからない」

リリアはどうするのか、そう思い彼女を見つめる。すると、

「私はフィーグさんと行動を共にします！」

即答であった。って、どうして俺の手を握る？

戸惑う俺をまるで意に介さず、ティアが話を続ける。

「そうですか……。それでは、もう一つ頼んでも良いでしょうか？」

「ん？　他にも何かあるのか？」

「それが、例の声が聞こえるようになってから、生徒の多くのスキルがおかしくなっているようなのです」

「……もしかして、暴走しているのか？」

「暴走状態までいくのはほとんどないみたいです。ただ、まともにスキルが発動しなかったり、思っ

ていたのと違う発動の仕方をするようです」

マジか。

確かに、このイアーグの街ではやたらとスキル暴走をする者が多かった。そもそも、この話を持ちかけているティアも、出会ったときスキル暴走をしていた。

この学園はイアーグの中心にある。

まさか……？　その声が引き金になっている？

俺たちが以前攻略しようとしていた、キルスダンジョンもスキルに異常を起こさせる何かの力が働いていた。

いずれにしても、スキル暴走を起こしている者がいたら放置をするのは危険だ。取り急ぎスキル整備を行う必要があるだろう。

「わかった。じゃあ、調子がおかしい人を集めたいけど、どうしたらいい？」

「はい！　そう言ってくださると思って、生徒の一部に集まってもらっています」

「……え？」

なんだかえらく手回しがいい。

やっぱりティアはこの学園で相当力を持っているのではないか？

◇◇◇

俺はティアに連れられ別室に通された。部屋は会議室のようで、数人が座れる机と椅子が端に固めて置いてある。

部屋の中には他に何もなく、10人くらいは入れるだろう。ティアが口を開く。

「では、フィーグ様。まずは男子をお願いします」

「ん？　男女別なのか？」

「はい。女子はいろいろ準備がありますので」

「準備？」

そうティアに聞き返したところで、ぞろぞろと男子生徒が入ってくる。

どの生徒も顔色が悪い。そんなに学業が大変なのだろうか？　アヤメはいつも楽しいと言っていたはずだが。

いや、これは……触れなくてもわかる。暴走まで到達しないものの、どの生徒もスキルが暴走間近だ。

ティアによると、今日は特にスキルの症状が悪い生徒に集まってもらったらしい。

「あ、あの、あなたがフィーグ……さまですよね。レオといいます。俺、最近全然スキルが使用できなくて……助けてもらえると聞いて来ました」

身なりや所作の整った男子生徒の一人が前に出て、俺に会釈をしてきた。顔もシュッとしており、なかなかにイケメンだ。リーダーといったところだろうか？

彼もおそらく貴族だろうけど、先ほどのセドリックとかいう男と随分違う。とはいえ、まだ俺の能力については半信半疑のようだ。まあ仕方ない。ここは俺がしっかり仕切らねば。

「えーと……まずは【診断】してみるぞ」

スキルや魔法にはタイプがあるが、俺の能力はその種類を問わず修復などを行うことができる。

まず一人目。先ほどの半信半疑の生徒だ。アヤメより歳上、最上級生だろうか。彼は恐る恐る手を差し出してきたので、それと片手で握手をする。

俺の中に【診断】による情報が流れてくる。

『名前：レオ・ル・クリストフィー
職種スキル：
【魔物テイム】LV32《【注意！】：暴走間近》
身体スキル：
　身体：正常』

うーむ。学生の就学状況で、スキルが暴走間近まで追い込まれることがあるのだろうか？

「スキルが暴走しかけている。最近スキルを酷使した覚えはある？」

「え、スキルですか？　授業で使う程度で、大したことはしていません。ダンジョン攻略試験旅行はまだ先ですし」

そうだよな。おそらく、ここに集まった生徒全員が似たような状況だろう。

「じゃあ、とっとと治しておこう【修復《メンテ》】！」

俺のスキルが発動し、頭の中に声が響く。

《スキル【魔物テイム】を修復……成功しました》

よし。

すると、この生徒、レオは目を見開き、顔を紅潮させた。

なかなかにイケメンな男子が顔を染めるのは少し興味深い。

驚きの表情はそのままで、レオは俺に訴える。

「何か……魔力のような何かが流れ込んできました……これは……？」

「スキルの修復だ。もう大丈夫だろう」

俺は念のためスキルの状態をもう一度確認する。
『名前：レオ・ル・クリストフィー
職種スキル：
【魔物テイム】ＬＶ32《絶好調》
身体スキル：
身体：正常』
「問題ないようだ。スキルの状況も良い。しばらくは、いつもよりもバフがかかった状態でスキルを使えるだろう」

「た、確かに……調子が悪かったスキルが普段以上に調子が良くなっているような……。ありがとうございます！」

レオは深々と俺に礼をしてきた。うーん、彼の様子を見る限り、どうも慎重にスキルを使用していたように感じられる。

それなのにどうして暴走を？　やはり、学園がスキルの異変を起こしている原因なんじゃないのか？

考え事をしていると、待っている生徒たちが次々と手を差し出してきた。

とりあえず、全員を治しておこう。

◇◇◇

「これは……すごい。フィーグ様……ありがとうございます！」

俺は一通り、全員のスキル修復を終えた。他の生徒たちも元気になったと実感しているようだ。

口々に喜んでいる声が聞こえてくる。

ふう、と一息つくと、ティアとアヤメが飲み物を用意してくれたようだ。

飲み物を器に注ぎ、ティアが俺に手渡してくる。

「フィーグ様……お疲れ様でした。男子生徒たちはみんな、フィーグ様に感謝していました。それに……こんなに素敵なお兄さまがいらっしゃると、アヤメを見直した、という生徒たちばかりでした」

「あ、うん。ありがとう」

アヤメの方を見ると、うつむいていて目を合わせてくれなかった。

うーん、どうしたんだろうか？　声をかけようとしたところでティアがまだ残っている男子たちに向けて言った。

「あ、男子はもう部屋から出てください」

「はい。また何かあったらフィーグ様、よろしくお願いします」

そう言い残してから礼儀正しく挨拶をして出ていった。みんな、爽やかだな……。そういえばセドリックの姿がなかったのが気になるが……。

「では、フィーグ様には女子を見ていただきたく」

「あ、そうか、まだ女子がいたな。でも準備って何が必要なんだ？　さっきみたいに握手をしてもいいし、触れなくてもスキルの修復はできるけど」

「そ、それが……」

コンコン。

俺とティアとアヤメだけ残っていた部屋のドアがノックされた。

「あっ、準備ができたようです」

第三話 スキルメンテ
「だから準備って……何？」

ティアは、ちょっと困ったような表情をし、ドアの方に向かって話しかけた。

「入って、大丈夫ですよ」

「はい」

ドアの向こうに待機していた者がいたらしい。ティアの声により、女生徒たちが部屋に入ってくる。

みんな、目をキラキラと輝かせている。うーん、なんだか妙に熱い視線が向けられているような気がする。

「な、なんだ？　何かあるのか？」

「あなたがフィーグ……さまか」

俺の問いに質問で返したのは青髪の少女だった。後ろで束ねた髪の毛は艶やかで、年齢は一六歳くらいだろうか。切れ長の瞳に、色白の肌。すっと鼻筋が通っていて、顔も整っている。

ティアはどちらかというと可愛い系だけれども、こっちは綺麗なタイプだな。同時に凜々しくもあり、きっちりと制服を身に纏《まと》っている。

「俺がフィーグだ」

「そうか……私はミナという。で、フィーグ殿。本当にあなたに触れられるとスキルの調子が良くなるのか？　触れる面積が広いほど、より良くなるという話だが」

半信半疑、という様子だ。しかも、さっきのレオと違い言葉に棘《とげ》を感じる。

ミナは女性だし俺みたいな見ず知らずの男と触れるのは抵抗があるのかもしれない。

「ああ。でもまあ、イヤなら触れる必要はない。効率がやや落ちるだけで、できることは同じだ」

「い、いや、別に……イヤというわけではないが……その、心の準備が……」

「うん？」

俺の問いに今度は、少し顔を赤らめて答えるミナ。さっきの凜々しい感じから一転、恥ずかしがっている。

「ど、どうしてもというのなら、触れさせてあげてもいいが」

「そうか。じゃあ」

俺は手を差し出すが、ミナはなかなか握ろうとしてくれなかった。無言で向かい合う状況に焦《じ》れたのか、次第に女生徒たちから戸惑いの声が漏れ始める。

「もー……お姉ちゃんったら。ごめんなさい、私が先にフィーグさまに【診断】とスキル【魔改造】をしてもらいます。私は、ミナの妹でナミと申します」

そう言って飛び出した女生徒がミナを押しのけ、俺の前に立つ。彼女はブロンドのショートカットで、可愛い感じの顔立ちをしている。顔立ちは姉のミナと似ている。

歳は一五歳くらいだろう。俺は彼女の姿に息を飲み、すぐさま目を逸らした。

「どうして？」とティアに助けてと視線を向ける。

「って、どうして肌着しか着てないんだ？」

彼女は制服ではなく、薄い布地の肌着しか身に纏っていなかった。部屋に入った後、脱いだようで机の上に彼女のものらしき制服が畳まれている。

全く恥ずかしがる様子がなく、むしろ堂々としていたため俺の反応が遅れてしまった。

「私は、私たちはフィーグ様のことをお医者様のように感じております。肌が触れる面積が広い方が効率的だと聞いておりますので、このような姿でお願いできればと」

「え、ああ……言いたいことはわかるが――」

うーむ。女性のそのような姿は、俺に免疫がないわけでもない。アヤメが暑いときは肌着のみで家の中をウロウロしているのを見慣れているからだ。

しかし、初対面である。家族とは違い、初めて見る素肌に、体つき。俺が見ても平気なのか？

年齢の割には発育が良いというか、肌着に覆われているとはいえ、アヤメと比べても大きく豊満な胸に目が行ってしまいそうになる。

むしろ細めの腰が膨らみを強調しているようにさえ感じた。見ると、他の女生徒も服を脱ぎ始めている。中には恥ずかしそうにしている子もいるが、一〇名ほどのほとんどはあまり俺の視線を気にしていないようだ。

男として俺は認識されていないのか。喜んで良いのか微妙なところだな。

ただ、先ほど俺に突っかかってきたミナだけは制服に手をかけているものの戸惑い脱ぐ様子はない。

「あ、あの、フィーグさま。お願いします」

「わかった。じゃあ、触らせてもらうよ」

随分待たせてしまった。俺は、できるだけ気にしないように手を伸ばして、ナミの手を握る。柔らかな手だ。

「あの、フィーグさま、せっかく制服を脱いだのですから……」

「えっ？　いや——」

俺の言葉を待たずに、俺の胸元に柔らかなものが押し当てられ、ナミの両腕が俺の背中に伸びてくる。

少し熱い彼女の体温が伝わってくる。体の柔らかさは女の子という感じだ。

鼓動すら伝わってきそうな密着度に、俺の動きが止まる。

「フィーグさま、続けてください」

何かティアとアヤメがいる方向から鋭く冷たい視線を感じた俺は、伸びそうになった鼻の下を縮め、スキル起動のため精神を集中した。

「【診断】起動！」

『名前：ナミ・デ・レニー
職種スキル：
【身体強化】ＬＶ20《【注意！】：暴走間近》
【加速《ヘイスト》】　　ＬＶ35《【注意！】：暴走間近》

身体スキル：
身体：正常（心拍数やや上昇）
状態スキル：
身体スキル詳細：
年齢　14歳
身長　152センチ
体重　46キロ
BWH　88：52：75　Hカップ』

接触してるだけに細かい情報までわかるな……まあそれはいいとしても、ナミもスキルの暴走が間近に迫る状態になっていた。

「やっぱりスキルが暴走しかかっている。修復するが、いいか？」

「あっ……は、はい、おねがいしましゅ……」

顔を真っ赤に染め、うっすらと汗をかいているナミ。

「どうした？　調子が悪いならまた後にするか？」

「いいえ、……とても良くて……もっと……もっと触れてください」

いったいどういう状態のことなんだろう？　まあ、本人が良ければ何も問題はないか。

俺は【修復】スキルを起動した。すると頭の中に声が響く。

《スキル【身体強化】【加速《ヘイスト》】の整備完了。【身体強化】はパーティメンバーのリリア【完全装備】のスキルと、ナミ本人の資質により【身体進化】に魔改造されました》

「ん……あんっ…………えっ？」

俺の胸元でナミが驚きの声を上げた。

「終わったよ。もう離れてもいい」

「えっ嘘？　スキルが変わっている？　【身体進化】？」

「うん。魔改造に成功したようだ。これまでのスキルより強化されているはずだ」

実際にナミは自分自身の体を進化させ、その能力を確認した。

見た目はほとんど変わっていないが、軽い運動をして人を超えたその強化ぶりに驚いている。

「……これが……魔改造――すごい！」

もう終わったというのに、ナミは俺の胸の中に顔をうずめたままだ。俺の背中に回された腕に力がこもる。このやり取りを聞いた他の女生徒たちが色めきたつ。

「魔改造……すごい……私も！」

「私もお願いします！」

俺の周りにあっという間に上半身肌着だけの女生徒たちが集まり、ナミと同じようにキラキラとした目を向けてくる。

「わ、私を先にお願いしますッ！」

そこに俺に対してツンツンしていたミナが割り込んできた。なんと彼女は上半身肌着すら身につけていない。さすがに胸元は両腕を組んで隠しているとはいえ、ナミと比べるとスレンダーな姿が美しく見えた。

「いや、全部脱がなくてもいいんだが」

「いいえ。ぜひ、私にもナミ以上の魔改造をお願いします！」

妹をライバル視しているのだろう。絶対に負けないという意思を感じた。俺の周りには、ミナをはじめいつの間にか何人もの女生徒が俺に寄り添っている。

うーん、全員に魔改造を施すのは、残り魔力を考えても無理なんじゃないか？

なんとかして、とティアやアヤメ、そしてリリアに視線を送る。助けて、と。

「「「ぷいっ」」」

どういうわけか、三人ともそっぽを向き、誰も助けてくれないのだった……。

◇◇◇

「ごめん。残りの人はまた明日……」

俺はぐったりとしながらも、立ち去っていく女生徒を見送った。

結局今日スキル修復できたのは七人。残りの三人は明日、ということになった。三人とも暴走するにはまだ余裕があったので大丈夫だろう、という判断だ。

スキルの修復、そして魔改造を行えた子たちは俺が恐縮するほど感謝をしてくれたのだった。中には、個人的に家に来て欲しいという誘いも受けた。もっとも、そんな暇はなさそうだ。

「フィーグ様があんなに鼻の下を伸ばされるとは思いませんでしたわ。アヤメ、いつもあんな感じなんですか？」

ティアがやや口を尖らせて俺に聞こえるように言った。

いや、君の願いを叶えただけなんだが……どうして俺が責められているんだ？

「う、うん。すごいでしょ？」

「いやだから、すごいけどそうじゃなくって、いつもあんなに女子に囲まれているのか、ってことです」

「あー……どうかな？　今日は特別だと思う……」

なんか歯切れが悪いアヤメ。もっとそんなことないと言ってくれても良いんだが。

「そうですか。でしたら、まあヨシとしましょう。それで、今日はこれからどうします？」

「うーん、そうだな、できれば地下室を少し見ておきたい。今日はもう夕暮れだし、本格的な調査は明日からがいいと思う」

「確かに、今日はあまり時間がありませんわ。では、少し覗くだけに――」

と、ティアがそう言いかけたところで、

「グゥウルゥゥゥゥウウウ――」

廊下の方から、低くくぐもった声が聞こえた。そして、

「キャァアアアア！！！」

何人かの女の子の悲鳴が聞こえた。さっき、俺がスキルを魔改造した女生徒たちの声だ。

「まさか……どうして？　声が近いの……？」

ティアが顔を青ざめさせ、俺たちを見る。

「何か危険な生物でもいるのか？」

「いえ……そんなはずが……この声が、フィーグ様に調査をお願いしたいと考えていた、地下から聞こえる声です！」

「地下？　いや、これはどう考えても廊下から聞こえたぞ？」

「はい、だから……何か良くないことが……」

戸惑うティア。彼女を横目に見ながら、俺の横に剣を抜いたリリアがやってくる。

「フィーグさん、行きましょう」

「そうだな」

俺とリリアは部屋のドアを開け、廊下に向かった。

第四話 異変

「うわあああ!! たっ、助けっ!!」

廊下に出ると、男子生徒数人が俺たちの方に向かって走ってきた。その中に見覚えのある男がいる。学生食堂でアヤメを罵倒《ばとう》し、リリアに振られたセドリックだ。

俺は逃げ出そうとしているセドリックの腕を掴む。

「おい、何があった?」

「わ、私のせいじゃない……私は聖魔法の使い手だ! アンデッドなどと……」

セドリックが怯えながら見つめる廊下の先に、この異変を起こした者たちが溢れ出る。

土色の肌をし、生気のない瞳にボロボロの服を纏っている。細い指先には黒くなった鋭い爪が見え、まさに歩く死体という姿だ。

「グゥウゥゥゥゥルウウウ」

口から漏れる声はしゃがれ、手を前に突き出してこちらに向かってくる。しかも、一体ではない。見えるだけで十数体の姿があった。

「グール……」

リリアがボソリと言った。

死体に魔力が宿り、動き回るモンスター。ゾンビの上位互換で、支配権を持つ者の指示に従う性質もある。

アンデッド系の魔物は生命に対する執着が強いため、目の前に人間を見つけたら必ず襲いかかる習性がある。特に標的としやすいのは、生きの良い肉体を持った人間だ。若い生徒など絶好の獲物だろう。

どうして学内にこんなものがいるのか？　ティアが言った声の主なのか？　いろいろと疑問が浮かび、俺はセドリックを問いただす。

「おい、アイツらに心当たりがあるのか？」

「ち、ちがう……私は……アンデッドなんか召喚できない！　聖魔法使いだぞ！」

何も聞いていないのに不自然な言動だ。まるで心当たりがあると言っているようなもの。

さっき食堂で触れたとき、セドリックの聖魔法は暴走していた。すぐに治ることはないので暴走の結果スキルが異常を起こしているのかもしれない。

「ちがう……何も……」

セドリックは恐怖のためだろうか、その場にぺたんと座り込む。おそらく、腰が抜けたのだろう。

学園では実習でモンスターに出会うことはあるのだろうが……制御された魔物だったのだろう。しかしこいつらは、自らの欲望を満たすために動いている。

生者の肉を食らうために。

「そんな……こんなことって……」

ティアとアヤメが廊下に出て俺たちに追いついた。二人とも絶句し、迫りくるグールの群を見つめている。

「リリア、こいつらを学内に放つわけにはいかない。俺と一緒に攻撃を頼む。ティアとアヤメは援護を！」

追加の援護を求めて、さらに声をかける。

「セドリック、君は聖魔法の使い手だろう？　こいつらにとっては天敵だ。加勢をしてもらえないか？」

「い、イヤだ……私のせいじゃない……こんなはずじゃ……」

何かに異常に怯えている。戦うどころか、ここにいるだけでも危ないかもしれない。

「何が原因かは後回しでいい。とりあえずスキルを整備してどこかに退避──」

「うわあああああ！！！」

セドリックは俺の言葉を待たずに叫びながら駆け出し、出口の方に向かって走っていった。取り巻きもセドリックの後を追う。

戦力にならないのは残念だが、足手まといになるよりはマシだ、そう考えることにした。

俺がセドリックと会話をしているうちに、リリアはグールの集団に特攻していた。

「ウヴォォアアアアア!!」

汚らしい叫び声を上げ、向かってくるグールが一体いた。俺は走る勢いのまま短剣を投げつける。

すると、手から離れた短剣は勢いを増し、グールの首めがけて加速する。そして狙い通りグールの首に突き刺さったように見えた。しかし、脆くなっていたグールの肉体は短剣の勢いを殺しきれず、さらにそこから貫通した。

「アアッ!!」

断末魔の叫びを上げて、グールが地面に倒れ込む。胴体と首が切断され手足をばたつかせ、すぐに動かなくなった。

リリアはグールの集団に接敵しており、次々と剣でグールを屠《ほふ》っている。

「はあっ！」

「ギャアアアッ!!」

リリアが駆け抜けるたびに、グールの四肢が千切れ、倒れる。それはまるで黒い道のように繋《つな》がり、踏み倒したグールの屍でできた道に見えた。

ものすごいスピードとパワーだ。

「リリア、遅くなった。俺は右側から行く。反対側を頼む」

「……はいっ！」

二人でグールを倒していく。俺は本来前衛ではないが、グールくらいなら対応できる。戦闘スキルなど持ち合わせていないものの、俺の持つ武器のエンチャントが優秀だからだ。

遠距離から確実に敵の急所にヒットするエンチャントスキル【応答者《アンサラー》】。これくらいの敵なら接敵しなくても倒せる。

それに、剣技を極めつつあるリリアが頼もしすぎる。見ると、いつの間にか残ったグールは一体になっていた。

「これで最後！」

最後のグールを倒したリリアが、俺の方に駆け寄る。返り血などは浴びておらず綺麗なものだ。

「よし、全滅させたな」

「はい。フィーグさん、ご無事ですか？」

リリアは優しく俺に微笑《ほほえ》みかける。俺を気づかう優しさを感じる。

周囲のグールの死体から僅かな異臭を感じるが、それを打ち消すようにリリアからは相変わらず良い香りがした。

その一方で、アヤメの様子が気になった。

「どうした？」

「それが、アヤメちゃんが……調子が良くないらしく」

ティアは心配そうにアヤメを見て寄り添ってくれていた。

「そうか。アヤメ、どうした？　そういえばあまり元気そうではなかったが……大丈夫か？」

俺は思わず手を伸ばそうとする。

「お兄ちゃん……。な、なんでもない。大丈夫だから」

そう言ってアヤメは俺の手から逃れ、ティアの後ろに隠れるようにして少し距離を取った。

うーむ。スキルの調子でも悪いのだろうか。そういえば、なんだかんだいろいろあって、戻ってきてからアヤメにスキル整備《メンテ》を行っていなかったな。

また夜にでも見てやろう。

「それにしても、このグールたちはどこから来たんだ？」

俺はティアに問いかける。

「おそらく、あちらの地下に続く階段からでしょう」

「地下、つまり声が聞こえていたという場所か？」

「はい。フィーグ様に調査のお願いをしようとしていた場所です」

ティアによると、この学生会館の地下は、普段使われていないのだという。地下一階部分は倉庫として使われていたそうだが、何年も使われていないそうだ。

部屋が複数ある以外は、特に変哲のない地下室のようだが。

「そうか……。探索は明日にしようと思っていたけど、大丈夫だろうか？」

「はい。それでいいと思います。今日はお疲れでしょうし明日出直しましょう」

一旦、危機が去ったことだし、今日はこのことを学校側に伝えて解散かな、と思った瞬間――。

「はっ、はっ、はっ、あっ！　皆さん!!」

一人の女生徒が、地下に続く階段から駆け上がってきた。

見覚えがある整った顔つき、やや幼さを残す顔立ちはナミという名前だったか。彼女はひどく慌てた様子で俺たちのもとに駆け寄り助けを求めるように詰め寄った。

「お姉ちゃんが……お姉ちゃんが……！」

「落ち着いて。何があった？」

「はい……。お姉ちゃんと一緒に地下室で何かをしようとしているセドリックを止めようとしていたら、ゾンビとレイスの集団に襲われて……私だけ逃げてきたのです」
なんてことだ。セドリックが逃げていたのはグールからだけではなかったのだ。

「つまり、ゾンビに加えレイスに襲われたってことか。そいつらに襲われミナは逃げ遅れたと」

レイスというのは、ゾンビやグールと違い実体を持たないアンデッドモンスターの一種だ。

さらに厄介なのはスキルドレインを行うこと。触れられることで生気を吸い取られスキルの熟練度、つまりレベルを失う。さらにＬＶ０《ゼロ》まで吸い取られると、スキルが消滅してしまう。

しかもレイスは実体がないために、通常の武器では攻撃が通らない。学生が魔力を帯びた武器やエンチャントが授けられた武器を持っているはずもなく。

俺が勇者パーティにいたときは、このようなアンデッドモンスターの対応は聖女デリラがやっていた。

追放後、俺は聖女エリシスに出会ったのだが、彼女がこの場にいないことが悔やまれる。聖女エリシスであれば、ターンアンデッドでその場から排除したり、聖域を発生させ近づけないようにしたりなど足止めができるのに。

「今、ミナはどこにいるんだ？　レイスは何体いる？」

「この先、階段を下った先に見える、一番最初の部屋の中で、レイスは一体です！」

「わかった。すぐ行く」

レイスはアンデッドの中でも上位の魔物だ。数が多いとどうにもならなそうだが、一体ならこのエンチャントスキル【応答者《アンサラー》】が込められた短剣でなんとかなるかもしれない。

「フィーグさん、私も一緒に行きます！」

「ダメだ。レイスは接近戦を主体とするリリアと相性が悪い。俺がなんとかする。そうだな……一時間経って俺が戻らなければ、立ち去りこの学生会館を封鎖してもらうんだ。それまでは、様子を見ながらアヤメとティアを守って欲しい」

「でも……」

俺はリリアの返事を待たず、地下に向かって駆け出した。後ろからナミの声が聞こえた。

「フィーグさま、お姉ちゃんを……ミナを助けてください！　お願いします！」

◇◇◇

階段を下りると少し広い空間に出た。

目の前には廊下が続いており、片側に部屋の入り口と思われるドアがある。その先にも部屋が続いている。地下とはいえ、少し薄暗いものの壁には光を放つランタンがぶら下がっている。光を放つ魔法により永久に輝く魔道具だ。

耳を澄ますと、かすかに女の子と思わしき声が聞こえた。

「たっ……助けてっ！」

「ミナか？」

「その声は……フィーグ……さま!!」

まだ姿が見えないものの、一番近い部屋の方から声が聞こえた。ドアは半開きになっており中から声がする。

急いで部屋に入るとそこには一人の少女、ミナと、一体のレイスがいた。レイスは空中に浮かんでいる。

ミナは倒れつつも逃げようとこちらに手を伸ばしている。しかし、顔色は真っ青で瞳に涙を浮かべていた。

「あっ！　フィーグさま！　フィーグさまっ！」

うつろな瞳に、突如光が灯り、口元は僅かに緩んだ。しかし、彼女の足首を乱暴に掴んでいるレイスによってスキルドレインが発動したのが見える。

「や、やめっ……やめてっ……やだっやだっ!!　あっ……あああぁッ!!」

ミナは足をばたつかせ、悲鳴を上げる。すぐにビクビクと体を震わせぐったりとしてしまった。

「くっ！」

俺はミナの足を掴んでいるレイスの腕に向けて短剣を放つ。すると、短剣はまっすぐ飛びレイスの腕に突き刺さった。

『グアッ……キサマ……なんだその武器は？』

レイスの腕が弾け飛び、ミナが解放される。俺はすぐさまミナのもとに駆け寄る。それと同じタイミングで短剣が手元に戻ってきた。

「大丈夫か？　ミナ？」

ミナの顔色は青白く、息も絶え絶えだ。

「うっ……はっ……はあ……な、なんとか」

スキルドレインの影響でスキルレベルを失ったのだろう。苦しそうに両手を胸の前で組むミナを抱きかかえる。

『キサマ……それはただの短剣ではないな？』

レイスが低い声で俺に話しかけてきた。

ゾンビやグールは会話もままならない。だが上位のアンデッドはこうやって話ができる。交渉の余地はあるだろうか？

俺は先ほどレイスに攻撃を加えた短剣を見せつける。

「ああ、だったらどうする？　もう一度コイツを食らいたいか？」

『えらく威勢がいいな。しかしたかだか短剣一つ、恐れるまでもない。お前も我の魔力となるべくスキルを差し出せ！』

レイスは不敵に笑い、俺に近づきつつ手を伸ばしてきた。

今度は俺のスキルを吸うつもりだろう。俺は短剣を再び投げるが、フッとレイスは姿を消した。

それまでレイスの本体があったところを短剣はすり抜ける。すると満足そうな顔をしたレイスが再び現れる。

「当たらなければどうということもない」

勝ち誇ったような表情を見せるレイス。

短剣はいずれ戻ってきて油断しているレイスを直撃するだろう。しかし、それよりも早くレイスが俺に触れようと腕を伸ばした。

たまらず俺は、そのレイスの腕を掴む。

『何っ？』

レイスの驚く声と同時に、聞き慣れたスキルのアナウンスが俺の頭に響いた。

《スキル【診断】を行います――》

「えっ？」

今度は俺が驚く番だ。コイツはレイス、アンデッドモンスターだ。元は確かに人間だったかもしれないが、それでも【診断】が有効なのか？

《スキル【診断】――成功――》

「なん……だと？」

『名前：（消失）
職種スキル：
【加護】ＬＶ30《【警告！】：暴走により【レベルドレイン】に変容》
身体スキル：
身体状態：死亡　《警告！　暴走により【アンデッド化】【レイス】に変容》』

レイスのステータスが頭の中にアナウンスされる。さらに続けて声が頭に響いた。

《【身体状態：死亡】》が暴走しています。修復しますか？》

つまり、どういうことだ？　アンデッド化を修復できるってことか？　よくわからない。

いや、今の俺には選択肢がない。これに賭けるしかない！

「YES!!」

《身体状態を修復します――》

俺は今、レイスに接触している。通常ならレベルドレインの発動により、俺のスキルに影響があるはずだ。

しかし今レイスは、呆《ほう》けたように俺に触れられた腕を見つめていた。

《修復――成功。暴走状態が解除されました》

『何っ……？』

驚きの声を上げるレイス。同時に、その体が発光し、光の粒に変化していく。

「これは……？」

《身体スキルの魔改造も可能ですが、現在魔力が不足しており実行できません》

「そ、そうか」

身体スキルの魔改造？　そんなもの一度も発動したことがない。でもまあ、魔力がないのならしょうがない。

考えても仕方ないので成り行きを見守ることにした。レイスの体は光の粒に分解され、そして上方に向かっていく。次第にアンデッドモンスターが浄化されたときのように消えていく。

『これは……。浄化されたのか……？　いや、違う……まるで……これは…………』

レイスの声が次第に上に、空に向かっていくように感じた。

先ほどのような苦しそうな低い声ではなく、穏やかになっている。

『キサマ……感謝する……この苦しみに終焉を与えて……くれた……ことを……』

次第に小さくなり消えていくレイスの声。

「ああ、苦しかったのだな。苦痛から解放されたのなら良かった」

『ありがとう……だが……』

しかし、そのレイスは最後に意味深なことをつぶやいた。

『感謝の証として、一言忠告する……あの部屋はもう調べるな……キサマは危険から逃れるべきだ……もう忘れることだ……魔王が復活したとしても――』

そう言い残し、レイスは光の粒となり消えてしまったのだった。

魔王……？　存在は聞いたことがある。ダンジョンに発生する、イレギュラー的な強さを持つ魔物の王。しかし、この街にはダンジョンなどない。

警戒は必要だが、アンデッドの言うことだ。誰かに伝えても信じてもらえないだろうし、頭の片隅に置いておくだけでいいだろう。

「フィーグさん……ううん、フィーグさま……大丈夫ですか？」

しばらく俺は、座ったままミナを抱きぼーっとしていたらしい。そんな状態からミナの声に我に戻ったのだ。

でも、さっきのレイスの消滅はいったい、なんだったのだろう？

あのようにアンデッドが光の粒になる様子は聖女のスキル【浄化】に似ている。ただ、【浄化】は瞬時に行われ、今際《いまわ》の際《きわ》のような言葉を残し消えていくことはない。

いくら考えても答えは出なさそうなので、ミナに向き直る。

「どうした？　ミナ？」

「そ、その……さっきは助けてくれてありがとうございました」

先ほどまで青白かった顔は、今は普通の肌色に戻っている。俺のスキルがいつの間にか発動し、ミナのスキルを【修復】してくれたようだ。

その結果、ミナはスキルを一つも失わず、レベルも元に戻っている。

「ああ、まあなんとかなったよ。無事なら良かった。そろそろ立てそうか？」

俺は相変わらず、ミナを抱いて座ったままだ。今周囲に敵の気配はないし、おそらくアンデッドモンスターは全ていなくなったのだろう。

さっきのレイスがボス、ということかもしれない。安心して良さそうだ。

「あ、あの……いえ、立てることは立てるのですが、お礼をしたくて」

「気にするな。俺が勝手にやったことだ」

「そういうわけには……せめて、その……」

ミナは体をモジモジさせている。彼女はかなりの美少女だとは思う。初対面の気の強そうな感じはなりを潜《ひそ》め、今はどこかしおらしい。

先ほどはあんなに取り乱していたが、落ち着いてみると年相応の可愛らしさが滲み出ている。

俺の頬に温かく柔らかいものが触れた。ミナの唇だ。

「えっ、ちょっと、ミナ？」

「イヤですか……？　私では」

「そんなことはないが、どうして？」

今日初めて出会ったわけだし、急に接近しすぎだろう。

とはいえ、ミナを拒絶してしまうと、良くないことが起きるような気がした。

俺の返事を聞くと、ミナはますます俺に体を密着させる。意外と豊かな膨らみが俺に触れる。

「良かった……。断られたらどうしようってドキドキしてた」

「あ、あの、ミナ？　とりあえずみんなのところに戻らないか？」

「いや。今、……その……できれば私を……その、怖かったし……慰めて……」

ぐっと、ミナの腕に力が込められたその瞬間、

「あっ!!　お姉ちゃん！　無事だった！」

ミナの声を遮るように、快活な声が聞こえた。

俺は慌てて立ち上がり、ミナから手を離す。

「お姉ちゃん!!」

ナミがぼろぼろと涙を流しながら、ミナの胸に飛び込んだ。その後ろにぞろぞろと、リリアやティア、アヤメ、そして大人たちの姿が見える。

大人たちはたぶん、この学園の教師をしている人たちだろう。

「ああ、フィーグさん」

「フィーグ様……」

「お兄ちゃん！」

リリアとティア、アヤメは一斉に俺を取り囲み抱きついてきた。

「うおっ！　ど、どうしたんだよ？」

俺の言葉でリリアたちは俺から手を離すが、しかし依然として熱い視線で見つめるのはやめてもらえなかった。

「どうしたもこうしたもありませんっ!!」

「そうですよー」

「心配したよ！」

三人とも頬を膨らませつつもほっとしたような表情を浮かべていた。

やれやれ、と思いつつ、ティアの依頼は一旦これで解決かな、俺はそう思うことにしたのだった。

第六話　地下室の秘密

俺たちは教師たちに事情を説明した。

突然グールの集団が現れ、さらにレイスまでが学園の地下に出現したこと。

どうにかこうにか、グールとレイスを全滅させることができたこと。

地下から響く声の正体は、そいつらアンデッドによるものではないか、という推測も伝えておく。

セドリックの言動はいろいろ気になるので、ミナたちから伝えてもらえるようにお願いした。

「ご迷惑をおかけして申し訳ありませんでした」

教師、というより学長だというおじさんが頭を下げる。彼の姿は薄くなった頭に白いひげ。そして、よれよれのローブを羽織った姿は、まさに魔法使いのようだった。

生徒を救ってくれた謝礼を渡したいということだったので、冒険者ギルド経由で依頼という形にしてもらうことにした。こうしておくとあとあとトラブルにならないし過剰な対価となることもないからだ。

「ところで、先ほど調査したところ……学園の地下一階部分、例のレイスがいたという部屋の奥にさらに地下に下りる階段がありまして」

「えっ、そうなのですか？　気付きませんでした」

「どうやら、その階段を守っていたのがレイスのようなのです。先ほど、ミナたちから話を聞きました。セドリックたちが地下室を漁《あさ》っていたところ、その階段を見つけたのと同時にゾンビやレイスが現れたのだとか」

「なるほど。でも、そんな仕掛けが今頃どうして？」

「わかりません。元々、立ち入り禁止になった経緯は聞いていなかったのですが……。しかも、先ほど、グールが一体、地下の部屋に出現しました」

「えっ？」

俺は思わず聞き返す。

間違いなくグールは全滅させ、レイスを倒した。あのとき、他に敵の気配はなかった。にもかかわらず、また出現した？

「セドリックが何か関係あるのかもしれないと、ミナより聞いています。彼のスキルがどうとか」

そうだ。あのとき、暴走状態を確認したけど修復できず、セドリックは俺の話を聞いてくれなかった。

「私どもも手を焼いていまして。なんせ、ここの領地を治める貴族の息子なのですから、あまり強いことも言えず……」

「なるほど……でも、その話を俺に聞かせるってことは……？」

「はい。なんとか説得しますので、できればスキル整備《メンテ》を彼に施して欲しいと思っています。我が学園の生徒でありますし、当然報酬も用意します」

確かにセドリックのスキルが暴走していることが気がかりだったので、悪くない話だと思う。

「それともう一つ——フィーグ様は冒険者だと聞いております。地下に下りる階段の調査をお願いしたいと考えています」

「俺が、ですか？」

「はい。我々は普段の授業などありまして、教師では対応できず、かといって兵士や見ず知らずの冒険者など部外者を学園に入れることに抵抗がありました。しかし、フィーグ様はアヤメさんのお兄さんということで、完全な部外者でもありませんし、ティア殿——いや、ティアさんらとも交友がおありです。お願いできないでしょうか？」

「うーん……」

特に断る理由がないことと、アヤメの学園に不安要素は残したくないこと、そしてレイスが言い残した最期の言葉——【魔王】——が気になり、結局俺は引き受けることにしたのだった。

◇◇◇

「ふう、やっと帰ってきたか……」

俺たちは帰りもティアが手配してくれた馬車に乗り、自宅に帰ってきた。

周囲はすっかり暗くなり、空には星がまたたいている。

「フィーグ様、また明日も、お迎えに参ります」

どういうわけか、ティアは嬉しそうにそう言い残し去っていった。

ふう、と一息つきドアを開けると――。

「パパぁ！　おかえりなさい！」

そう言って俺に頭からツッコんでくる少女がいた。人間で言えば一〇歳くらいに見える。しかし彼女は竜人族《ドラゴニュート》、キラナだ。

銀色の髪の毛からはツノが僅かに見える。それに小さな羽も背中に生えていて、人間と違うのは一目瞭然だ。

「痛てて……キラナ、お前もう少し手加減してだな」

俺は痛みに耐えながらそう答える。すると、キラナと一緒に留守番をしていた老齢の男性が現れた。

彼はアルゲントゥという名だ。

「ほっほっほ。フィーグは少し疲れているようだ、キラナは程々にしなさい」

彼も人間ではなく銀竜族……つまりドラゴンだ。この家に竜の姿では入れないので人間化して過ごすことになっている。

まあぶっちゃけ、この二人ならこのイアーグの街をあっという間に灰にできるだろう。

というわけで、そもそも種族が違うからキラナもアルゲントゥも俺の親族ではないが、ひょんなことから一緒に過ごすことになったのだ。

俺たちはアルゲントゥが用意してくれた食事を軽く食べ、風呂に入り早めに眠ることにした。

ただ、アヤメのことが気になる。最近スキル整備《メンテ》をしていなかったし、学園では調子が悪そうだった。

しかし、部屋を出てアヤメの部屋に向かうが誰もいなかった。うーん、風呂かキラナの部屋に行っているのかも知れない。出直すために自室に戻る。すると、

「……うん……わかってる……」

どこかから、かすかに澄んだ声が聞こえた。リリアの声だ。

だけど、何を話しているのかよく聞こえない。

気になったので廊下の奥のリリアの部屋に向かうと、部屋の扉が少し開いていた。中を覗き込むと——ベッドの脇に座るリリアが見える。

リリアは、水晶珠を両手に大切そうに抱いている。おそらく、会話の相手はその水晶珠なのだろう。

「お兄さま……私は大丈夫だから……」

お兄さま？　以前、荒くれ者たちからリリアの兄の形見、水晶珠を取り返したことがある。

死んだとも言っていたはずだ。

リリアは切なげで、泣きそうな声をしていた。いろいろと事情がありそうだが……果たして聞いても良いのかわからない。

「ふぅ」

俺は一息つき、その場を後にした。

確かに今思えばリリアとの出会いは不自然だった。最初から俺のスキルを知っていたし、スキルを変化させた……まさに魔改造のようなことを行ったのはリリア自身だ。

しかし、俺がその力に支えられているのも事実だ。リリアからは悪意を感じない。俺に嘘をついて

いたとしても、多分理由があるのだろう。

きっといつか話してくれるはずだ。俺はそう思い、一旦さっきの会話を忘れることにした。

自室に戻り、俺は寝る支度をして仰向けになる。目を瞑《つぶ》り、今日あったことを思い出していると目が冴えていく。

随分疲れているはずなのに、寝付けないな、そう思っていると……誰かの気配が部屋に近づいてい
ることに気付いた。

リリアだろうか？　いや、違う。この感じは……。

「お兄ちゃん」

アヤメがドアの外側で、小さな声を上げるのがわかった。

「ん？　どうした？」

「あのね、ちょっといいかな？」

返事をする前に、アヤメは俺の部屋に入ってくる。どの道話すつもりだったし、問題ない。

「どうしたんだ、アヤメ」

「……あのね、久しぶりに……一緒に寝てもいいかな？」

「ああ」

前はいつも兄妹仲良く一緒に寝ていた。俺が王都へ出向き、一人で寝ることが多かっただろう。アヤメはもう子供でもないし、俺も少し気恥ずかしさがあるが……今日は調子が悪そうだった。今日くらいはいいんじゃないか、そう思うことにした。

それに、アヤメのスキルを診断しておくべきかもしれない。そう思い断らなかった。

「えへへ」

俺のベッドに潜《もぐ》り込んでくるアヤメ。俺は前みたいに、腕を枕に差し出す。

「ん……」

アヤメは頭を俺の腕に乗せ、体を密着させるように抱きついてきた。なんだか今日はいつもよりも甘えている気がする。

ふわっとした柔らかさが肌に伝わってくる。とはいえ、妹にどうこう感じるわけもなく……いつまでも子供だと思っていたけど、いつの間にか女性らしくなっていることに驚く。

こういう無防備なところは俺以外には気をつけて欲しいところだ、などと過保護なことを考えていると……しばらくすると全く動かなくなっていることに気付く。

そして――しく……しく……というすすり泣きが聞こえてきた。

「アヤメ？　どうした？　具合が悪いのか？」

「ううん、違うの……」

「じゃあどうして泣いてるんだ？」

俺が聞くとアヤメは涙を流しながらも答える。

「……あのね、あたしのスキルはもう暴走してるの」

第七話　妹のアヤメ

「えっ？　いつからだ？　いや、今すぐに――」

俺は慌ててスキル【診断】【修復】を行おうとした。しかし、アヤメは俺から目を逸らし拒絶する。

「ダメ！　今このスキルが消えたら、学園の地下にいるアンデッドモンスターたちが溢れ出てしまうかもしれないの」

「ん？　どういうことだ？　アヤメのスキルの暴走と学園地下のアンデッドがどうして関係ある？」

「それは――」

アヤメはゆっくりと、静かに話し始めた。

「お兄ちゃんがキルスダンジョンに出かけた頃から違和感を感じてたの。だんだん調子が悪くなって……火炎の大精霊《イフリート》も召喚できなくなっちゃって……」

アヤメは元々、火属性の精霊召喚術を用いることができた。実際、俺と模擬戦をしたときも、火炎の大精霊《イフリート》を召喚し扱っていたくらいだ。

瞳いっぱいに涙を浮かべたアヤメが続ける。

「それでね、気付いたときにはスキルが暴走して、勝手にアンデッドモンスターを召喚していたみたいなの」

心当たりはある。王都で銀竜アルゲントゥと戦ったときに、どういうわけかアンデッドが湧いていていた。あのときは特に気にも留めなかったけど、まさかアヤメが引き起こしていたとは。

「だとすると――」

「うん。今日、学園の地下に湧いたグールやレイスは、あたしが……」

そこまで言って、嗚咽するアヤメ。俺はアヤメの頭を撫でてやる。

「そうか……。大事になって言い出せなかったんだな。それにティアは知っているんだろ？　最初は俺に探索を頼んであまり大事にせず終わらせるつもりだったと」

「うん。すごいね、全部わかるんだ」

「ああ。アヤメのことはいつも気にしているから。でも、ここまで隠し通されたのは初めてだし、俺も弛《ゆる》んでいたのかもしれない。悪かった」

「そんな……あたしのせいなのに」

アヤメの声が少し明るくなっている。俺に隠し事がなくなったためなのだろうか。

でも、それならとっととスキルを修復すれば良いはずだ。修復すればいいだけなら、もっと早くアヤメから相談があったことだろう。

「で、どうしてスキル【整備《メンテ》】をしたらダメなんだ？」

「あのね、あたしは暴走した召喚術でアンデッドたちと繋がっているの。だから、なんとか制御ができている。もし、このアンデッドを召喚したスキルが消えて元に戻ったら……その制御が外れてしまうと思うの。今日見つかった階段の下、地下二階には十数体のアンデッドモンスターがまだ残っているのを感じる」

「なるほど、そういうことか。なあ、診断だけしてもいいか？」

「うん」

アヤメが俺にしがみつく。とくん、とくんと鼓動まで聞こえそうな近さだ。

意識してなのかどうかわからないが、俺の脚にアヤメの脚が絡まる。俺より少し高めの体温が肌を通してじわりと伝わってきた。

肌はしっとりと湿り気を帯びている。こんなに密着しなくていいんだけどな……。

俺は診断スキルを起動した。

「【診断スキル】起動！」

起動した瞬間、アヤメの俺の胸元を掴む手のひらにきゅっと力が入った。

「あっ……んんっ」

『名前：アヤメ
職種スキル：
【火属性精霊召喚】ＬＶ42：《【警告】暴走状態！　死霊術に変容》
身体スキル：
　身体：正常（不安を抱えている）
状態スキル：
　身体スキル詳細：

年齢　14歳
身長　150センチ
体重　42キロ
BWH　82：52：75　Dカップ』

「やはり、暴走しているな。アヤメの言う通りだ」

《スキル【修復】を行いますか？》

「NO！」

俺はスキル起動をキャンセルする。すると、アヤメの体からすうと力が抜けたように感じた。

いろいろつらいことがあったのだ。アヤメにはいつも笑っていて欲しいと思う。もう、こんなことは起きないようにしなければ。

「こうしてもらうと、お兄ちゃんに見守ってもらっているって感じがする」

「ああ。いつでも、気にかけているよ」

「でも、いつまでこれが保つかわからないの。実際、今日は一部のアンデッドモンスターが階段を上り学園に漏れちゃったし、制御できなくなる日が来ると思う」

つまり、のんびり構えるわけにはいかない、か。明日から俺たちはその地下二階の調査をするわけだが、その過程でアンデッドを全部片付けた上でアヤメのスキルを【整備《メンテ》】すればいいだろう。

「わかった。じゃあ、とっととそいつらを片付けて、アヤメのスキルを正常に戻さないとな」

「うん……お兄ちゃん、ごめんね……」

「だから気にしなくていいって」

「わかった……ありがとうね」

俺はまたアヤメの頭を優しく撫でた。すると――アヤメは俺の胸の中で小さく嗚咽をこぼした後、すやすやと寝息を立て始めるのだった。

相変わらず、脚は俺の脚に絡まっている。胸も密着し、女性らしく柔らかい感触が伝わる。ただ、それはとても心地良かった。アヤメも成長しているけど、子供の頃の懐かしさも感じた。

温かな体温に包まれているうちに、俺も次第に意識が遠くなり、眠りについたのだった。

◇◇◇

気がつくと、陽の光が顔にかかっている。朝になったようで、鳥のチュンチュンというさえずりが聞こえた。

俺の腕の上でアヤメが安らかな顔をして、すうすうと静かな寝息を立てていた。柔らかくて温かい家族の肌の感触は、お互いに眠りを深くしてくれたようで、俺の疲れもすっかり取れていた。

ただまあ、この歳で一緒に寝るのはこういう特別なときだけにした方が良いのかもしれない。抱き癖がついてもいけないし……お互いに。

起き上がろうとすると――アヤメが俺の体を離そうとしない。ずっと俺に抱きついたまま眠っていたようだ。

「アヤメ、朝だぞ」

「ん……」

アヤメは寝起きが良い方だったはず。揺すろうと手を伸ばした。

「お兄ちゃん、まだ……起きたくない」

目を瞑ったまま、アヤメはそうつぶやいた。既に起きていたようだが……随分甘えん坊に戻ってしまったな。

前もこんな感じだったのに、最近はそんな素振りを見せていなかったのは、ずっと無理していたのかもしれない。まだ時間は早い――俺はもう一度眠ることにした。アヤメの腹が『ぐぅ～』と部屋に響くまで。


程良い時間になったので、俺の身体からアヤメを振りほどき、身支度をし顔を洗って、リリアたちと朝食をとるためにダイニングキッチンに向かった。

「おはようございます」

「ああ、おはよう」

今日の食事当番はリリアで、既に朝食が並べられていた。続いて、アルゲントゥと一緒にキラナがやってくる。

「フィーグパパ、おはよっ!」

「フィーグ殿、おはようございます」

「おはよう」

キラナは相変わらずの勢いで俺に突撃してきた。その光景をアルゲントゥが目を細め、顔をしわしわにして見守っている。

このじいさん、というか銀竜……なんというか俺の家に押しかけてきてそのまま居着くとは思いもしなかった。

昨日もバタバタしていてあまり話せなかったけど、落ち着いたらこれからのことを話し合わないとな。まあ、竜人族《ドラゴニュート》であるキラナの親戚みたいなものだから面倒を見てくれるのは助かる。

「あっ、皆さんおはようございます！」

「おはよう」

遅れてアヤメがやってきた。バッチリ制服に着替えている。

「あら、アヤメさん、顔色も随分良くなって……元気そうですね」

アヤメの変化に気付いたのか、リリアが優しく微笑んだ。アヤメも照れくさそうに、しかし嬉しそうに返す。

「うん、おかげさまで元気になったの」

「ふふっ、どうしたんですか？　フィーグお兄さんのおかげですか？」

「……もうっ！」

そう言いながらも笑顔のまま椅子に腰掛け、テーブルに並べられた朝食に早速手を伸ばすアヤメ。

リリアが準備したのは、サラダと、スクランブルエッグ、それに白パンだ。

「「「「いただきます！」」」」

こうして、俺たちは朝食をとるのだった。この家では元々、いつもアヤメと二人で食事をとっていただけに随分賑やかになったものだと思う。

別に寂しかったわけではないけど、こうやってみんなで楽しく食事できるのが、なんだか嬉しい。

朝食を食べながら、これからの予定を話し合った。今日は早速地下二階の調査を行うことにする。

「さて、学園の地下二階を探索するとしてメンバーは、俺と――」

「あたしは行かないといけない……だからお兄ちゃんについていく」

アヤメは顔を上げそう言いながら、パンを頬張っている。

「私は当然フィーグさんについていきます」

当然……か。まあリリアがどうしてついてくるのかますますわからないが間違いなく前衛として頼りになるし、アヤメと俺が組むことでバックアップもできる。

「わかった。じゃあ、俺とリリア、アヤメで調査しよう」

話が決まった。ティアは無理して俺たちと組む必要はなさそうだ。というか、後衛職が増えすぎてもバランスが悪い。

「そういえばキラナは何してる？」

「今日はアルとおでかけ！」

今日は神殿に行って検査と勉強を教えてもらえるんだったな。アルゲントゥをもうアルと呼んでいるのか。

「フィーグ殿、儂《わし》はキラナを神殿に連れていって様子を見守ろうと思います」

「うん、任せた」

銀竜でありながら、アルゲントゥは人の世界にも通じている様子だ。彼自身もキラナを気にしているようだし問題ないだろう。

「「「「ごちそうさま！」」」」

俺たちは朝食をとり終え、それぞれ学園に出かける準備をする。

すると……。

ヒヒーン！　という馬の鳴き声が聞こえる。ティアが俺たちを迎えに来たのだろう。

アヤメは歩いて学園に通っていたわけだし、大した距離じゃないんだけどな。

「おはようございます。フィーグ様」

「ああ、おはよう。ティア」

家を出ると一台の馬車が目に入る。昨日と同じ光景だ。

「……アヤメ、随分元気そうですわね」

「うん！」

「そうですか。良かった……」

アヤメが俺にスキル暴走の事実を打ち明けたことを感じ取ったのだろう。

胸を撫で下ろすティアに俺は近づく。

「ティア、アヤメのことありがとう。いろいろと力になってくれていたようで」

「いえ、当然のことですわ」

ティアが謙遜するように笑い、俺も自然と頬が緩んでしまう。

「いろいろと解決に向かうと思う。だから、こうやってわざわざ馬車で迎えに来る必要はもうないというか……」

「いいえ、これは私の好きでやっていることですから。この件が終わるまではお迎えをさせてください」

そこまで言われてしまうと、断ることもできないか。

「そうか……じゃあ、お願いするよ」

「はい！」

こうして俺たちは馬車に乗り学園に向かうのだった。アヤメは道中も終始嬉しそうな表情を浮かべていた。

危険はあるだろうけど、その辺りはアヤメのことだ。ちゃんと弁《わきま》えているだろう。

◇◇◇

俺たちは学園に着くと、早々に学生会館地下室に向かう。

学園側の先生方にはティアが話をつけてくれたようだ。ううーん、すごく楽で良いし、アヤメのことの説明も任せられるのはいいのだけど、ティアってやっぱり、それなりの身分なんだろう。

「じゃあ、リリア、アヤメ。三人ほどのパーティになるがよろしくな」

「はい！」

「うん、お兄ちゃん」

学園地下二階は学園関係者も含めまだ誰も足を踏み入れていない。様子がわからないが、まずは慎重に進もう。


「アヤメが召喚してしまったアンデッドの様子はわかるか？」

「ううん。召喚術なら離れていても、互いに何をしているのかわかるのだけど、スキル暴走のせいなのかぼんやりとしかわからない。そこに留まってってお願いしているのだけど。でも……」

そこで、アヤメの顔が曇る。

「時々アンデッドモンスターの存在がはっきりとわかることがあって、その中には……リッチがいると思う」

リッチ。司祭など高位の地位にいた者がアンデッド化したもの。知性を持ち合わせており魔法も使える。強敵だ。

「そうか……。もし現れたら俺が接近するしかなさそうだな。あるいは即撤退か」

「フィーグさん、大丈夫です。私が接近のアシストをするので」

「なるほど……でも危険だぞ？」

「大丈夫です。アンデッドごときに後れは取りません」

「わかった。スキルドレインを使うかもしれないけど、俺のスキルで治せるはずだ。慎重に行こう」

「はい！」

リリアは良い返事をしてくれる。その声に、俺は改めて気を引き締めた。

俺たちは昨日レイスに襲われた場所にやってきた。

階段の下り口には規制線が覆うように張られており、関係者以外立ち入り禁止にされている。

「この下だな」

俺たちは規制線をくぐり階段を下った。しかし――。

「行き止まり？」

階段を少し下ったところで、唐突に壁になっていた。これ以上下りることができなくなってしまったのだ。地下二階にまだ到達できていないのに。

「おかしいの。昨日、先生はレイスを倒した後グールが出現したと言っていたの。なのにここが行き止まりなら、どこから……？」

壁の中央にはこの国の象徴、銀竜の紋章が描かれていた。

「なあ、ここは学園の地下だよな？」

そんな言葉が俺の口をついて出た。竜の紋章に見覚えがあるからだ。

もちろん銀竜の紋章はこの街、いや国中でよく見かけるものではある。しかし紋章は最近のものではなく、相当な古いものでやや竜の形が違う。

これと同じものを見たことがある。キルスダンジョンの第二階層を下ったところにこれと同じ紋章が描かれた扉があったはずだ。

キルスダンジョンも、スキル異常が起きるという特性があった。だとすると、もしかして……繋がっている？　そんなバカなことがあるだろうか？

「フィーグさん、ウンともスンとも言いません」

思考を巡らせる俺をリリアの声が現実に引き戻す。リリアは壁をドンドンと拳で叩いていた。

「あ、ああ……そのようだな」

俺もリリアに倣《なら》い、壁に触れてみる。紋章の部分に手を当てると、ひんやりとした、しかし金属のように硬い感触が伝わってきた。

「お兄ちゃん、この竜ってアルゲントゥさんに似てない？　王都で見た、竜の姿をしていたアルゲントゥさんに」

「うん。アルゲントゥは伝説級の古竜《エンシャントドラゴン》だ。千年以上も生きている……。今現存している竜とは少し違う姿をしている」

そう言って一息ついたとき、突然俺のスキルが起動した。

《ゲートの診断を開始します……成功……》

え？　門に対して診断だと？

『名前：ゲート
職種スキル：開閉《【警告】暴走状態！　正常に動作しません》』

「えっ？」

生き物じゃないのにスキル……か。まあ、アンデッドにもあったし、武器に付与するエンチャントみたいなもので、不自然ではないのかも。

とりあえず修復しよう。

俺は【修復】によりゲートの異常を修復する。すると——。

ガコン……ゴゴゴゴゴ……。

轟音《ごうおん》と共に壁が下方向に移動していく。

「ここは？」

しばらくして完全に壁がなくなり、前方には石造りの通路が現れた。かなり古い造りの通路だ。

「お兄ちゃん、この通路は？」

「わからん。でも、進むしかないな。慎重に行こう」

「はい、でもフィーグさん、これ……」

リリアが視線を向かわせた先には、さっき目の前を封じていた壁と同じような紋章が描かれたドアのようなものがあった。

それも、暴走していたので【修復】してやると同じように壁が下に沈んでいき、通路が現れる。

「ここは……！」

試しに通路を進むと、見覚えがある場所に出た。変哲のない石造りの通路なのに、なぜか鮮明に思い出す。ここはキルスダンジョンの第二層から下に向かう階段に繋がっている。

さらに少し進むと、とある部屋に続いていた。見覚えがある。ここは、エリシスのせいでテンションが上がりすぎた俺たちがオーガの大群を蹴散らした部屋だ。

結局、学園の地下はキルスダンジョンに繋がっていたのだ。

ダンジョンのラスボスを倒すと「望むスキルを一つ獲得できる」という言い伝え。そして侵入した者のスキルを狂わせ暴走させるという特性を持つキルスダンジョンに。

つまり、街の住人や魔法学園の生徒たちが謎のスキル暴走を起こしていた原因はキルスダンジョンの下層だった、ということだ。

第九話　ダンジョン都市

「なるほどな。つまり、このイアーグの街は隠されたダンジョン都市だったわけだ」

「ダンジョン都市ってなんですか？　フィーグさん」

「ダンジョンがある街のこと。ダンジョンがあるとその周囲の街は人口が増え大都市に成長するから、ダンジョン都市と呼ばれている」

　こんな田舎にある小さな街にダンジョンが存在するなんて聞いたことがない。

　でも……そう言えばと思うことがある。なぜこの王国はこんな田舎の小さい街に魔法学園なんか建てたのか。それに、どうして最近になってスキル暴走が増えたのか、と。

　キルスダンジョンに繋がっていたのなら、そのどちらも説明できる。元々、この街にはキルスダンジョンがあった。おそらくスキルを暴走させるという特性はなかったのだろう。

　しかし、なんらかの理由があり、入り口を閉じてしまった。学園は、その上に建てたということだろう。もっとも、何百年も前のことだだから、真相はわからないのだろうけど。

　まあ、考えても仕方がないだろう。今は、アンデッドをなんとかするのが先だ。

「いろいろわからないことがあるが、下に潜っていこう。リリアとアヤメ、くれぐれも慎重に行こうな」

「うん！」

「はい！」

威勢のいい返事があった。士気は十分に高い。

俺たちは第三層を調べるために、ゆっくりと階段まで戻った。しかし、そこに人影が見える。

「……あ？　お前ら……」

俺たちに気付いたのか、その人影が何かを口にしながら近づいてきた。アヤメやリリアに突っかかったセドリックだ。

「なんだよ、庶民が偉そうに」

隣にいたリリアの後ろに隠れるアヤメ。どうやらコイツに突っかかられて、怯えたらしい。

「おい、何下りてきてるんだ？　ここは立ち入り禁止にしていたはずだが」

俺は威嚇するように言った。

「はあ、私にどんな口の利き方をしているんだ？　お前をこの街にいられなくしてもいいんだぞ。父に言えば、お前を領地から追放することだってできるんだぞ？」

「……やってみろ。俺たちはやらないといけないことがある。学長直々に依頼を受けているんだ、邪魔をしないでくれ」

「お、お兄ちゃん？」

細いアヤメの声に俺はうなずく。

「お前らは、学長の意に反してこのダンジョンに侵入している。学園は王国直轄の施設だ。領主とどちらが大きな力を持っているか、わかっているのか？」

「なっ……ほ、本当に追い出してやるからな！　これ以上邪魔をするな！」

「待て、ここにはリッチすらいる危険なエリアだ。せめてスキルの整備《メンテ》を――」

「うるさい！」

俺の忠告を聞きもせず、セドリックは取り巻きの三人を連れて通路の奥に立ち去っていった。

「ふう……」

俺が一息つくと、アヤメは申し訳なさそうに言う。

「ごめんね……あたしのために……街を出ないといけなくなるかも」

「言った通り、権力には序列がある。まあ、もしアイツの言う通りになってあの家を離れるのは寂しいけど、アヤメが元気なら生きていくのはどこでもいいさ」

そう言って、俺はアヤメの頭を撫でる。

そんな俺たちを見て、瞳を潤ませているリリアに気付く。

「リリア？」

「あっ、フィーグさん。ごめんなさい……ちょっと羨ましくなってしまって。私にも兄がいたので」

兄がいた、か。俺は昨日の夜にリリアが誰かと話すのを聞いたことは黙っておくことにした。

「アヤメさんが少し羨ましくなっちゃいました」

「あたしが？　そっか、リリアさんにもお兄さんがいたんですね」

「ふふっ……そうですね」

アヤメとリリアが笑い合う。今はこれできっといいのだろう。

「じゃあ、アイツらに負けないように俺たちも探索しようか。目標はリッチの打倒だ。だけど、時間がかかるようなら一旦退《ひ》いてまた明日にしよう」

「「はい！」」

リリアとアヤメの元気な声が通路に響いた。

◇◇◇

第二層に降り立った俺たちは探索を始めた。地下なのに、天井には雲のようなモヤがあり、うっすらと光っている。だけど、そのおかげで、ランタンなどを持たなくて済む。

「この階は……全部お墓なの？」

「そうみたいだな」

アヤメは恐る恐る歩きながら話をする。通路の途中に部屋があり、その中には棺らしきものと燭台があった。側に供え物と思わしき朽ちた食器や装飾品が置いてあることもあった。

地下墓所《カタコンベ》。そう呼ぶのがふさわしいのかもしれない。このような場所には勇者パーティに所属していた頃にも来たことがない。

噂自体は聞いたことがあった。世界各地に何カ所か発見されている遺跡の一部には、地下墓所《カタコンベ》がある。

古い寺院の地下で生活していたり、亡くなった者を地上で埋葬できない様々な理由があってこのような場所が利用されたようだ。時に迫害、時に戦争で。

「これは……」

リリアは石造りの灰色の棺一つひとつを調べて回る。ほとんどの棺の中は空っぽだった。空っぽの棺の蓋は割れたりずらしたりされていたから、中身が確認できた。

しかし、今いる部屋の棺は、蓋がしっかりと閉められている。

「まさか、中に埋葬された人がいるのでは？」

そう言いかけた瞬間、俺のスキルが警告を発する。

《名前：アヤメのスキルが暴走中により突如発動、【アンデッド召喚】が起動されました》

「えっ……」

アヤメが一瞬険しい顔をして一歩下がり俺に縋《すが》ってきた。

「ダメっ！　あっ……出るっ！」

すると、ズズズと棺の蓋が動き、中から人のような姿が現れる。

《召喚成功。ワイト、レベル測定不能》

ちょっ……ワイトはリッチに次ぐ強さを誇るアンデッドだ。俺は咄嗟《とっさ》に短剣を投げた。それはワイトの胸の辺りに直撃する。

『ググググ……』

幸い、まだ召喚されたばかりで状況を把握できないようだ。

起き上がった死体は水分を失ってカラカラになった皮膚などが残っている。骨が直接見えるわけではない。ある意味、保存状態が良かったと言えるのだが、それが災いした。

丁寧に防腐処理を施され長期にわたって生前に近い姿を維持できるようになっているのだそうだ。死体の周囲には黄色いモヤのようなものが漂っている。ワイトはこの黄色いモヤが本体らしい。

司祭の姿……聖衣に冠、そして杖を持つ姿は死してもなお、生前の崇高な意思を忘れていないようにも見える。

だが、その姿は本体ではなく操られているものだ。俺の短剣は黄色いモヤに僅かなダメージしか与えられてないように見える。モヤが霊体に近く、当然魔法を帯びない武器ではダメージが通らない。

ワイトは俺たちに手を伸ばしてきた。

「リリア、頼む！」

「はい！　エンチャント《復讐者《フラガラッハ》》及びスキル【剣技】起動!!」

武器にかかったエンチャントとスキルを同時に発動して、リリアはリッチに斬りかかった。リリアは素晴らしいスピードでワイトを切り刻んでいく。

「はあっ!!」

リリアの剣にかかった復讐者《フラガラッハ》はどんなものでも、空間ごと物質や霊体を切り裂く性質がある。つまり、世界で一番硬いものでも、霊的、魔法的物質でもいとも簡単に切り裂くことが可能だ。

ワイトはあっという間に消滅した。残ったのはもう灰燼《かいじん》と化した司祭の死体だけだ。

「リリア、ありがとう。よくやってくれた」

「いいえ。ほとんど不意打ちを受けた感じでしたので、咄嗟に復讐者《フラガラッハ》を使ってしまいました」

エンチャント復讐者《フラガラッハ》は極めて強力なものだ。その代償として、一日一回しか使えない。

とはいえ、俺がスキルドレインを食らってしまうと、立て直しも厳しくじり貧になっていたかもしれない。

「いや、その判断は間違っていない」

俺はぽんとリリアの肩に手を乗せる。ありがとうと告げると、リリアは可愛らしくはにかんだ。

収穫もあった。

ワイト自体も上位アンデッドでリッチに次ぐ強さなのだ。それを瞬殺したということは、リッチに対抗するにも十分使える能力だ。ひょっとしたら同じように瞬殺できる可能性すらある。

切り札であるエンチャント復讐者《フラガラッハ》を失ったのは痛いが、明日になればまた使えるのだ。焦ることはないだろう。

もっとも、同じようにワイトがわらわらと出てきた場合は対策を考える必要があるが……。

「じゃあ、引き続き探索を続けよう」

俺たちは廊下に戻って少し休憩した後、地下墓所《カタコンベ》の奥へと進んでいった。

幸いアヤメのスキルは発動せず、アンデッドが新たに召喚されることはなかった。グールやレイスは何体か現れたが、ワイトに対峙した俺たちの敵ではなく順調に進んでいく。

目的地は二階層の最深部。アヤメによると最深部にリッチはエリアボスとして待ち受けているのだという。

「あ……この部屋は……？」

奥に進んでいくと、少し荒らされた部屋があった。棺の中は空だけど、周囲に供え物が散乱している。

しかも、床にあるホコリの上に供え物が散らばっているところを見ると、何者かがこの部屋を漁ってからあまり時間が経っていない。

装飾品からは宝石が抜き取られている。

「罰当たりなことだ。墓荒らしとは」

「お兄ちゃん、これってまさかセドリックが……？」

「おそらくそうだろう。アイツらの目的はこのような貴重な供え物を盗むことだったようだ」

ダンジョン一番乗りの特権。情報がない危険と引き換えに手つかずの宝を手に入れることができる。

ここが墓でなければ、良いのだろうが……。

第十話　墓荒らしの末路

「まあ考えても仕方がない。追いついたらやめろと釘をさしておこう」

「うん。でも、死者を冒瀆《ぼうとく》するなんて」

アヤメは怒りを隠さない。セドリックの悪口にオドオドしていた様子に比べればこれくらいの方が良いだろう。

などと思っていると――。

「「うわあああ!!」」

数人の男の声が聞こえた。

◇◇◇

俺たちが部屋から出ると、ちょうど声の主たちが目に入った。通路の奥からこちらに向かって必死の形相で走ってくる男三人組の姿がある。

「お前たち……!」

男たちに見覚えがあった。さっきアヤメや俺を馬鹿にして忠告も聞かずに奥に向かった奴らだ。

見ると、背負っているバックパックから宝石がぽろぽろとこぼれ落ちている。おそらくは、棺や供えてあった調度品をくすねたものだろう。

まさに墓荒らしだ。

「セドリックのせいでこんなことに！」

「だから俺は気乗りしなかったんだ！　アイツもさっさと逃げればいいものを！」

男たちは言い合いながらも必死に駆けてくる。先頭の男がちらりとこちらを見た瞬間、その顔が驚愕に染まるのがわかった。

次の瞬間、男は足を滑らせ勢い良く転倒する。ズザザザ――とそのまま滑るようにして俺とすれ違っていった。

もう一人の男はそれを見るなり恐怖に引きつって立ち止まる。後ろを見ていたので勢いのままその男にぶつかってしまった仲間の一人はそのまま派手に転んでしまう。

「痛えなあ……おい!!　早く立てよ！」

「悪い……」

二人はよろつきながら立ち上がる。俺は声をかけた。

「なあ、セドリックはどうした？　姿が見えないが」

「アイツはもうダメだ。俺たちより先に逃げようとしたのに、アイツだけリッチに捕まった」

「なんだって？　お前ら見捨てたっていうのか？　そんな薄情だろ、アイツの近くにいることでいい思いもしてきたんじゃないのか？」

俺はこぼれた宝石を睨みながら言うと、舌打ちをしながらもう一人が答えた。

「アイツにはなんの義理もないけどな。全員がリッチに襲われるくらいならさっさと逃げ出した方がいいに決まってるだろ！　アイツに義理なんかないし、俺が捕まっていたらアイツはさっさと逃げ出していただろうしな！」

随分な言われようだが、その程度の信頼関係しかなかったのだろう。

俺が襲われたら……リリアやアヤメはこいつらのようなことをしないと思いつつも、それが本当に良いかどうかは考えてしまう。逃げることで生きられるなら、その方が良いことだってあるかもしれない。

「じゃあ、セドリックは今頃――」

「ああ、すっかりスキルや生命力を抜かれて……今頃アンデッドの仲間入りかもな」

「……！」

そんな軽口を叩くセドリックの取り巻きに対して、アヤメが怒りと取れるような、悲しみとも取れるような表情をし歯を食いしばって駆け出した。

通路の奥に向かって。

「アヤメ！　どうした!?」

「今ならまだ間に合うの！」

セドリックのことだろうか。アヤメはひょっとしたら、リッチとセドリックの居場所を察知したのかもしれない。

「リリア、俺たちも行こう！」

「はいっ！」

二人で駆け出す。俺たちの背中に、「まさか……アイツら、セドリックを助けに行くのか？」とあきれたような声が届く。

もう俺は、そんな声は耳に入らなかった。


「はあっ、はあっ」

俺たちはアヤメが駆け出した方向に走る。途中、アヤメの目の前にグールが現れるが、なぜかアヤメを襲わずに俺とリリアだけに向かってきた。

二人で蹴散らすもののアヤメに少し遅れてしまう。

「リリア、急ごう」

「はい！」

途中、ひときわ大きな部屋に入ると、棺がたくさんある場所についた。

その部屋の先は階段状になっており、少し高いところに大きな棺が見える。どうやらここは礼拝堂のようだ。

天井は高く照明も窓もないが、代わりにたくさんのロウソクの光があるために視界は悪くない。

そしてその最奥に立っている人影が見えた。あの背格好はかなり大柄に見える。あれがリッチなんだろう。

リッチの周りには三体のグールが見える。

「セドリック様っ‼」

アヤメはリッチにかなり近いところまで接近している。

見ると、リッチの奥に磔《はりつけ》にされたセドリックの姿が見えた。

「ほう……なかなか闇の力を持つ者が現れたものよ」

リッチは上質な布を使った司祭着を纏った男性のようだ。右手には杖を持ち、左手には分厚い本を抱えている。

その眼窩は暗く闇に閉ざされ、アヤメをじっと見据えている。その姿は骸骨そのもの。だがスケルトンとは明らかに違い、黒い霧のようなものを纏っている。

「闇の塊？　いや、これはいったい……」

この階層のボスで間違いない。強い圧力が感じられる。

「セドリック様を解放して！」

アヤメの声と同時にリッチは右手を上げてアヤメを指さす。すると、背後から黒い触手のようなものが現れ、アヤメの四肢に巻き付いていく。

「あ……あぁ……何、これ……力が入らない……」

アヤメは膝をつき、その場に倒れ込む。触手は蛇のようにうねり、アヤメをリッチの後方、セドリックの横に持ち上げた。

俺たちはリッチに向かって走り出す。礼拝堂は広いものの、それでもアヤメたちの声がハッキリと聞こえた。走り続けていて息が上がりそうになる。でも、あともう少しだ。

「はあ……はあ……アヤメか。なんだお前、庶民のくせに助けに来たのか？」

セドリックは息があるようだ。顔は青白くおそらくスキルドレインを食らったのだろう。しかし、意外と言葉はしっかりしている。

「そう……よ……ソイツはあたしの……せいだから……」

「ふむ、女……アヤメという名前か。何か勘違いしているようだが、我はそこの男セドリックとやらに召喚されたのだ」

「えっ？」

アヤメが驚きの声を上げる。

「まあ、召喚主を殺そうと捕まえてみれば雑魚すぎてなあ。我が眷属にしようにも役に立たない。だが……アヤメ、お主はなかなかに使えそうだ」

「どういうこと……？」

アヤメの声は震えているように聞こえる。それはそうだろう。目の前でセドリックを人質に取られ、自分は敵の手中に捕らえられているのだから。

アヤメはまだ戦う力は残っているはずだ。

その証拠に、アヤメの頬には涙の跡があったが、その目には鋭い光が宿っていた。

俺たちはようやく、リッチに接敵する。

「おい、アヤメを離せ！」

「ふむ、お前らもなかなかに優秀のようだな」

次の瞬間アヤメの口から悲鳴が漏れる。アヤメの体に絡みついた触手が蠢《うごめ》いていた。

「やっ……何……？　やだっ！」

アヤメの腕に絡みついていた触手がアヤメが身につけている制服の袖を破く。アヤメの白い肌が露出した。

「お前、アヤメに何を？」

「おっと、動くな？　その娘、アヤメとやらがどうなってもいいのか？」

リッチが俺たちを制止するように杖を持つ手をこちらに向けた。同時に、アヤメに絡みつく触手が制服の破かれたところから、内側に侵入する。

「やっ、やめっ……んんっ……」

「お前は神聖な司祭だったのだろう？　何をしている⁉」

「そんな昔のことは忘れたさ」

リッチは俺とリリアに向けて交互に視線を向ける
「男と、ほう、エルフか。二人とも動けばこの娘の腕をもいでもいいんだぞ？　ほう……この娘はまだ生娘ではないか」

「やっ……」

顔を真っ赤にしたアヤメの体を触手がまさぐるように動く。そのたびに口から喘ぎ声を漏らしつつ苦痛に耐えるような表情になる。

「まだ我が司祭であったなら、清い体は巫女として重宝すると考えただろうが……我が主人、魔王様の闇の貢ぎ物にするには女になってもらわなくてはな。我がこの穢《けが》れなき肉体を汚し嬲《なぶ》り、精神と体全てを貰い受ける」

「何を言っている？」

俺はすぐには理解しがたい言葉を聞いた。リッチは直接的な言葉こそ言わないものの、アヤメはこのままでは……純潔を奪われるということか？

「んっ……うぅっ……お兄ちゃん……」

アヤメの表情が苦しそうなものに変わっていく。見ると、アヤメの閉じていた脚を触手が開こうとしていた。

しかし今動けばアヤメの腕を切断するという。どうするか……縋るようにリリアを見ると、こくりとうなずく仕草をした。

俺とリリアで同時にリッチに襲いかかれば、隙が生まれるかもしれない。

失敗すれば俺たちは殺され、アヤメは目の前のリッチに弄《もてあそ》ばれる。しかし、何もしなければ同じことだ。だったら、やることは一つしかない。

「アヤメ、もし俺たちに何かあっても気にするな。全力で逃げろ！」

「えっ……まさかお兄ちゃん……やだっ……やめてっ」

アヤメの声を無視して、俺が動き出そうとした瞬間……！

「ほーほっほっほっほ！」

どこかで聞いたような女性の声が聞こえた。

「スキル【防衛聖域《ドゥーム》】起動！」

なもの。

第十一話　釘バットの聖女、エリシス

【防衛聖域《ドゥーム》】。任意の場所に結界を生み出すスキルだ。結界外部から内側に侵入ができない壁のよう
青白い魔方陣がアヤメ下方の床に現れ、半球状の結界が張られる。

「グアッ!!」

初めて聞くリッチの悲鳴。アヤメの体に巻き付いていた黒い触手が切断され消滅していく。

「き、キサマは……聖女……だと?」

腕を組み力強く立っているのは……聖女着を身に纏ったエリシスだ。

清楚なはずの聖女に似つかわしくない鋼色の釘バットを両手に持っている。棍棒の周囲には鋼鉄の棘が無数に生えていて、一般的な釘バットよりずっと凶悪に見える。

「クッ……せめて生贄の女《アヤメ》だけでも……」

リッチが俺に背を向けたのを見逃さない。俺は短剣を投げ距離を詰める。魔力を帯びた短剣はそのままリッチの背中を貫いた。

「グハッ」

あっという間に追いついた俺は、リッチの体に触れレイスのときと同じようにスキルを起動する。

『名前：（消失）
職種スキル：
【司祭：加護】　ＬＶ70《【警告！】：暴走により【スキルドレイン】に変容》
【司祭：大治癒の手】　ＬＶ82《【警告！】：暴走により【闇の触手】に変容》
身体スキル：
　身体状態：死亡《警告！　暴走により【アンデッド化】【リッチ】に変容》』

「スキル【修復】起動！　対象は大治癒の手！」

《スキル【大治癒の手】を修復します……成功。【闇の触手】は消失しました》

「グアッ……修復だと……？」

俺は再び走り出し、呻くリッチを横目に通り過ぎる。ちょうど、闇の触手が消失したところだ。

そして触手の支えがなくなり落下するアヤメを受け止める。良いタイミングで、エリシスが結界を消してくれた。

「アヤメ！　大丈夫か!?」

抱きとめたアヤメの様子を確認すると、涙を浮かべているものの大丈夫そうだ。

「お兄ちゃん！　うあああああん!!」

俺に縋り泣くアヤメ。すぐさまリリアが駆け寄ってくる。

触手を切断されたリッチは俺を恨めしそうに見つめる。その間にエリシスもまた、俺のもとに駆けつけてきていた。

「リリア、アヤメを頼む」

「わかりました」

アヤメをリリアに託しエリシスに並ぶ。エリシスはこう見えても聖女だ。アンデッドの天敵である。まずはリッチを一旦遠ざけるべきか、それともこのまま戦うか。

「クソッ!! 我が眷属よ、ここに集い、アイツらを殺せ！」

余裕がなくなったのだろう。先ほどまでのリッチの落ち着いて貫禄のあった口調は消え失せていた。十分に形勢は逆転した。もうアヤメは人質ではなくなったのだ。エリシスも戻った。ゆっくりと落ち着いてリッチとアンデッドを倒すことができるだろう。

気がつくと、リッチにより集められたグールとレイスが集結している。おそらくこの二階層のアンデッドの全てなのだろう。

聖女エリシスは【不死者退転《ターンアンデッド》】のスキルが使える。その名の通り、アンデッドモンスターを退散させるものだ。聖女なら、ここに集まった数十体のグールやレイスを排除できるだろう。

「エリシス、まずはコイツを退散させるために、【不死者退転《ターンアンデッド》】だ」

「承知しました！　スキル【不死者退転《ターンアンデッド》】起動！」

スキルが起動すると、ブーン……という音と同時に光の魔方陣が出現した。

あれ？ 【不死者退転《ターンアンデッド》】ってこんなだったたか？ 単にアンデッドモンスターたちが反転して逃げ出す程度だったはずだが。

……ゴゴゴゴゴゴゴゴ。

地響きと共に、魔方陣から放たれた光が拡散していく。

目が眩むほどの光が放たれ、それが触れた端から、アンデッドモンスターたちが粉々に砕け散っていった。

バ――――――ン！

数十体のグールやレイスが同時に爆散し粉々になったため、激しい音が響き渡り周囲を煙のようなものが覆う。

しかしそれら全てが、光を放ちながらすぐに上方向に昇っていく。

あっという間にアンデッドの大群を蹴散らしてしまった。そもそも、【不死者退転《ターンアンデッド》】は破壊するような力はないはずだが、エリシスが聖女という上位職になったことでスキルの力が強化されたのだろう。

凄まじい威力に驚いて見つめていると、煙が晴れた後には骨だけになったリッチ一体が倒れていた。

司祭着も杖も分厚い本も、全てが吹き飛ばされている。

「決着は付いたな」

残されたリッチに対し、俺は短剣を投げつけた。これで、リッチは何もできないはずだ。俺の読み通り、短剣が突き刺さった骨から、次第に崩れていく。

最後は頭部のみになった。もはや動くことすらできないだろう。

もっとも、アンデッドなので死んだりはしない。あとは浄化なり、完全に頭部を破壊することでこの世界から排除できる。

「お兄ちゃん……もう終わったんだよね」

俺に駆け寄ってきたアヤメはリッチの状態を確認し安堵の声を漏らす。

「そうだな。これで、アヤメの心配事もなくなった。スキルの修復をさせてくれるか？」

「うん！」

アヤメはハンカチで手のひらを拭ってから、俺に差し出した。俺はその手を握る。

「あ……ううん……こうしてもいい？」

アヤメははにかみながら、俺に抱きついてきた。

「ああ、これが兄妹愛というものなのですね。尊い」

エリシスが何か言っているけど気にしないことにする。

こうやってアヤメに抱きつかれるのは、勇者パーティから追放されてこの街に戻ってきて以来だろうか。いや、昨晩もそうだったような気がするが、遠慮があったのかもしれない。

「アヤメ、我慢してたか？」

「うん。これからまた、こうやってくっつけるね」

「うーん、もういい歳なんだからこういうのは……」

「だって、あーんなに色んな女の子に抱きつかれてたくせに。お兄ちゃんはイヤ？」

久しぶりに見る、アヤメの膨れた頬がやけに可愛らしく見えた。

「いや、俺は良いんだが」

アヤメに好意を抱く男がいたらどう思うのか心配だ、という思いはあるのだが。まあ、今は一旦忘れよう。

「じゃあいくぞ。【修復】起動！」

「んっ……あっ……」

アヤメの口から少し高い声が漏れる。

《修復と同時に【魔改造】を実行します。アヤメのスキル【死霊術】をエリシスが所持するスキル【不死者退転《ターンアンデッド》】の「アンデッドを操作する特性」を用いて魔改造します……成功……スキル【死霊召喚】に超進化しました》

お……。魔改造も発動し、アヤメのスキルが改善されたようだ。

『名前：アヤメ
職種スキル：
【火属性精霊召喚】　LV42：《【絶好調】》
【死霊召喚】　LV42：《【絶好調】》（NEW‼）
身体スキル：
　身体：正常
精神：兄への愛情＋＋』

「これは……暴走したスキルが残って上位スキルに変化したのか？」

職種スキル二種類って、火属性精霊召喚士と死霊召喚士って……アリなのだろうか。だいたい、火と死霊って相性悪そうな気がするけどどうなんだろう。

「すごい。お兄ちゃん、すごい！」

「うーん、俺もよくわからんが元々のアヤメの努力によるものだと思う。頑張ったな」

俺はアヤメの頭を撫でると、嬉しそうに目を細めた。

「で、コイツだが……アヤメどうする？」

頭部だけになったリッチに目を向ける。

おそらくだが、【死霊召喚】を使って配下にすることも、この世界から排除することもできるだろう。

元々、コイツはセドリックの召喚したものだろうが、既にその配下から脱出しているのでどちらを選んでも問題ないだろう。

「んーとね、火炎の大精霊《イフリート》召喚！」

アヤメは特に悩む様子がないが、どうするつもりだ？

『おや、お久しぶりです、アヤメ殿。いかがしましたか？』

炎を纏った精霊、火炎の大精霊《イフリート》が機嫌良さそうにアヤメに聞く。

「話したいことはいろいろあるけど、とりあえずアレを燃やしちゃって？　できれば時間をかけて」

『承知！』

火炎の大精霊《イフリート》は口から炎を吐き、丁寧に燃やしていく。

『ガッ……な、なんだ……この熱は……熱い……苦しい』

自然界の炎と違い、精霊の吐き出す炎は魔力を帯びている。アンデッドは痛みや熱さを感じないと言うが、例外はあるようだ。

「お兄ちゃんの前で恥ずかしい思いをさせられたし、絶対に許さないから。イフリート、ゆっくりとお願いね」

『だそうだ。お前が何をしでかしたか知らぬが、地獄の苦しみを味わうことになるだろう』

『こ、この小娘がぁ……！　やめてくれ、ひと思いに消滅させてくれ』

「いやだ。絶対に許さない」

珍しくアヤメは本気で怒っているようだ。うーん、アヤメって怒らせたら怖いんだな。

こうして、ゆっくりと時間をかけてリッチは消滅させられたのだった。

完全にリッチが消滅すると、ガコン、と大きな音が聞こえた。

音の方向に目をやると、下り階段が現れていた。当然と言うべきだろうか、階層ボスと見なされたリッチの消滅によって封印が解けたのだ。同時に、まだ下の階層があるということを意味している。

この地下がどうなっているのか、どこに続くのか。調べるのは今日は止めておこう。学長にもダンジョンの存在を伝えておくべきだ。これより下の階層は後日調べるべきだろう。

「さて、これで一件落着だな」

「うん……本当にありがとう、お兄ちゃん」

「いや、兄として当然のことをしただけだ」

「ううん。やっぱり、最高のお兄ちゃんだよ！」

アヤメは瞳をキラキラさせて俺を見つめる。正直照れくさいが、それほど悪い気はしなかった。

「ああっ……兄妹愛――むぐぐ」

またエリシスが変なことを言いかけ、リリアはそれを窘《たしな》めるように手で口を塞いでいる。

エリシスは王都に留まるとばかり思っていたのだが、まあ積もる話は帰ってからでもいいだろうし、ここで聞く必要もないだろう。

「じゃあ、ダンジョンを出て帰ろうか！」

「「はい！」」

と、意気投合したのだが。

何か忘れているような気がするな……まあいいか。重要なことならまた思い出すだろう。

俺たちは足取りも軽く、地上へと帰ろうとした瞬間、

「お……おい……助けてくれ……」

そう、完全に忘れていたセドリックの声が聞こえたのだった。

第十二話 後始末

俺は礫にされていたセドリックを下ろし、スキルドレインによるレベルの喪失を元に戻す。

真っ青、いやそれを超えて白くなっていた顔色が元に戻っていく。暴走も修復したので全てが回復しているはずだ。

「よし、これで大丈夫だ」

もうこれに懲りて、無茶なことをしなければいいんだがなあ。

しかし、スキルはすぐに治っても性格はなかなか変わりそうにはないようだ。

元気になった途端、

「お、お前ら、助けに来るのが遅すぎるぞ！　平民が……このことは父さんに言いつけてやる！」

などと言い始めた。

「お兄ちゃんに助けてもらっといて、そんな言い方しないで！　だいたい、あんたのスキル暴走が原因だったの！」

今までセドリックになすがままに言われていたアヤメが反旗を翻している。うん、良い傾向かもしれない。

元はと言えば、セドリックのスキル暴走がリッチを降臨させ、そのために攫《さら》われたのだから。

「ケッ平民がいい気になるな！」

「じゃあ、平民の力を見てみる？【死霊召喚】起動！」

アヤメが先ほど魔改造されたばかりのスキルを起動する。するとセドリックとアヤメの間に黒い霧が立ちこめて、何者かが具現化していく。

「何っ⁉　こ……こここここれはっ⁉」

セドリックが腰を抜かし、その場に倒れる。彼の目の前に、司祭着を身に纏った一体の骸骨が現れた。左手には何か装飾の施された杖を持っている。

リッチだ。先ほど滅したリッチとは多少身なりが異なるが同族なのだろう。リッチはアヤメの方に向き直ると、恭しく頭を垂れる。

『我が主人《マスター》よ、僕を召喚してくれたこと、感謝します。先ほどは弟がすみませんでした』

「……えっ？」

意外な展開に目を点にしているアヤメに対してリッチは語りかける。

『私はもうあなた様に仕えることはできないと思っていたのですが、謝罪の機会をいただいたことに感謝します。申し訳ありません』

そう言って首を垂れる姿は生前の騎士のように礼儀正しいものだった。

「は、はあ……」

『さて、なんなりとご命令ください。ふむ……この男は……。なるほど、この男を殺せとおっしゃるので？』

「ひっ！　ひいっ‼　やめてくれ、あれはもう嫌だ！」

リッチの声にいやいやと首を左右に振るセドリック。彼の周りを、リッチの闇の触手が取り囲んでいる。スキルドレインがかなり堪《こた》えたのだろうか？　それとも別の何かをされたのか。あまり想像をしたくないが。

「いや、大丈夫です。命令するまで待っていてなの」

『御意！』

すると、さっと触手を引っ込め姿を消すリッチ。実に手慣れたものだ。精霊は元々扱い慣れていたのだろうけど、アンデッドも扱えるのか。

「お兄ちゃんの悪口を言ったら、いつでも先ほどのリッチが相手になるの。わかった？」

「わわわわわ……」

言葉を失うセドリック。アヤメはいとも簡単に操っているが、リッチというのはアンデッドでも最上級の強さを持つ。

セドリック程度では敵じゃないだろう。

アヤメの表情は自信に溢れているように見え、以前のおどおどした態度は姿を消していた。アヤメ自身も成長したのかもしれない。

さて、と、腰を抜かしたままのセドリックを横目に今度こそ帰ろうとしたのだが、部屋の入り口にどやどやと人だかりができていた。

その人だかりから身なりの良い一人のおじさんがやってきて、セドリックを見下ろす。

「はぁ……セドリックよ、もういい加減にしなさい。先ほどのやり取りは全部見ていた。あまりにも愚かしく、私の教育方針は誤っていたことを痛感したよ」

「と、父さん！」

やってきたのはセドリックの父親か。学長の姿も見える。

「アイツらが僕をいじめるんだ！　アヤメという女と、その兄のフィーグとかいう男が！　アンデッドを操って襲わせたんだ！」

セドリックは、恰幅のいい父親に向かって、そんなデタラメを訴えた。

「何を言っているんだ、まったく……！」

幸い、セドリックの父親は学長から話を聞き、先ほどの様子を見てデタラメを見破ったのだろう。

とりつく島もなくセドリックをあしらうと、俺たちの方を向き謝罪してきた。

「フィーグさんにアヤメさんと言ったかな、うちの愚息が迷惑をかけてしまったね」

そう言いながら頭を下げるセドリックの父親。この人はまともそうだ。

「いえ、別になんともないですし……お兄ちゃんさえ良ければ私は別に」

「俺も特に気にしてないので大丈夫ですよ」

俺とアヤメがそれぞれ返事をする。それにしても、この人ちょっとセドリックに似ているよな。

やっぱり親子なんだなあと思う。

彼の顔を見ながら、簡単に俺が知る範囲のことを説明した。

「なるほど、だいたい事情は把握しました。ありがとう……君たちのおかげで学園とこの街の危機が救われたようなものだ。もし君たちがいなければ今頃どうなっていたことか。感謝してもしきれない」

おおう、いきなりお父さんに頭を下げられてしまった。しかも領主だ。イアーグの街を含む領地の代表的存在である。でもまあ、あのままリッチに好き勝手やられて学園外にアンデッドが溢れたら厄介なことになっただろう。

生徒たちも襲われたかもしれないと、俺は思ったのだが……。

「リッチ一体に国を滅ぼされたという話もあります。それを思えば、イアーグなどひとたまりもなかったでしょう」

「え、そんなに？」

俺は勇者パーティ時代にリッチに出会ったことはなかった。また、そのような歴史も習っていないので知らないことが多い。

知っているのは、アンデッドでも最上位クラスの脅威度を持っている、という知識だけだ。

「はい。リッチを倒した皆様は、英雄とうたわれるべき功績があるのですよ」

にこやかに笑いながらそう言ってくれたが、うーん、どうもピンとこないな。

あ、そういえば、言っておかないといけないことがある。

「実は、この学園の地下はキルスダンジョンの第三階層と繋がっていたのです」

「……なんですって？」

信じられないといった顔で聞き返すセドリックの父。そりゃそうだ。突然そんなこと言われても普通は信じないだろう。

だけど事実だ。そして、もっと重要なのは――。

「おそらく、ここ地下二階だけではなく、さらに階層が続いています。一旦アンデッドはいなくなったと思うのですが、後日調査の必要があると思います」

「そうか……そうなのか」

驚きの顔が、心配そうな顔になり、そしてその端には喜ぶような表情も見えた。

「フィーグさん、これは英雄では済まされないかも知れませんぞ？」

「というと、やはりダンジョン都市のことですか？」

「はい。この街が飛躍的に発展するきっかけになるでしょう。こうしちゃいられない、早速国王陛下に報告しないと！」

そう言うと踵《きびす》を返し、部屋を出ていくセドリックの実父。セドリックの首根っこを引きずって行くことは忘れない。

「ちょ、父さん、こいつらをこの街から追放――」

「黙れ。これ以上の迷惑をかけるな！　フィーグさん、申し訳ありません。息子はしっかりと叱責してわからせておきます。では、一旦失礼させていただきます」

そう言い残して、二人は去っていった。

俺たちは学長にもう一度改めて状況を説明し、今度こそ、地下二階を後にしたのだった。

家への帰り道はティアに送ってもらうことになった。アヤメの問題も解決したことだしこうやって送られるのも最後になるのだろうか。

なお、エリシスとはここで一旦別れることになる。彼女は、街の神殿に顔を出しそこで寝泊まりをするらしい。状況を聞くのは、また今度ゆっくり話せるときにお預けになった。

ティアが改めて俺に頭を下げる。

「フィーグ様、本当にありがとうございました。これで、私からの依頼は達成ですね」

第十三話　ティアの正体

「今までありがとう、ティア。もしかして君は……この国の――」

俺は思わず疑問を口にする。俺たちが王都で出会ったのは、貴族や王族などが参加するパーティだった。そんなところにいた時点で、高貴な身分だというのはわかる。

さらには魔法学園でいろいろ融通してくれたこと。そして、極めつけはそもそもが俺たちが今こうして乗っている馬車だ。

竜の紋章もそうだが、機能的に優れた最先端の馬車。しかも護衛までついているしただ者ではないことがわかる。

「はい。私はソレス王国の第二王女です。今まで隠していてごめんなさい」

ぺこりと深くお辞儀をして謝ってくる。

「いや、謝ることはないよ。まあ事情はいろいろあるのだろうし、いや……あるのですから」

さすがに王族に今まで通りの言葉使いはまずい……そう思って俺は言い直す。

学園でのやり取りを見ると身分を隠している。学長辺りは知っていそうだが、多くの教師や生徒は知らないのだろう。

アヤメは知っていたみたいだな。

「あっ、フィーグ様、言葉使いは今までの通りにお願いします。難しいのなら、め、命令してでも今

まで通りで従って……もらいます」

王族であれば俺みたいな平民にビシッと言うこともできるはずだが、どうにも歯切れが悪い。命令をするのが慣れていない。王族としては微妙かもしれないけど一人くらいそんな人もいていいのでは。

「……わかった。じゃあ今まで通りでよろしくな」

「はいっ！」

にこやかに笑うティア。そう言われれば、どことなく気品があるようなないような。そう思うと初めて出会ったときのことを思い出す。

肌の露出の高い衣装――全く意味のないコスプレ――をしていた姿が脳裏に浮かんだ。

「フフッ」

「もう、どうしたんですか？」

俺の様子を見てティアが嬉しそうに笑って聞いてくる。とはいえ思い出したことを言うと怒らせてしまうだろう。

「いや、可愛いと思ってさ」

「なっ……なななな……なんですって？」

あ。しまった、あの意味のないコスプレをするような無邪気さへの評価がつい口に出てしまった。

するとティアは真っ赤になってうつむいてしまい、もう何も話さなくなってしまった。

「なあ、アヤメ、ティアはどうしたんだ？」

「はあ……お兄ちゃん……わかってない」

「えっ？」

ふるふると顔を横に振って呆れた声を出す妹の姿に俺は戸惑うしかなかったのであった。

◇◇◇

「じゃあ、今までありがとう、ティア」

「今まで？」

家に着き別れ際、俺はティアに今までの礼を言った。だが俺の言葉に「はて？」と首をかしげる。

何か間違ったことを言ってしまったのだろうか？

「あぁ、だって依頼は達成しただろ？」

「そうですね。でも、フィーグさんには引き続き魔法学園地下のダンジョン探索をお願いしたいのです」

「うん？」

ティアの説明によると、突如ダンジョン都市の仲間入りをしたイアーグの街だが、これからは街の冒険者による探索が始まるという。しかし、現時点で情報があまりに少なく、迂闊《うかつ》に冒険者を投入することは避けたいらしい。

だから、情報収集も含め俺たちが先立って探索をして欲しいのだという。スキルが暴走するというキルスダンジョン特有の問題は残っているし、俺がいればなんとかなると考えている。だから、学園側として俺に探索を依頼する準備があるという。

これは願ったり叶ったりだ。俺たちは元々、キルスダンジョンの攻略を考えていた。

スキル暴走の原因も気になるが、キルスダンジョン攻略時の報酬「望むスキルを得ることができる」を獲得したい。他の冒険者を差し置いて進めることはとても有利だ。

「ダンジョン攻略、私も賛成です！」

今までうつらうつらしていたリリアだったが、ダンジョンの話が出た瞬間、目をらんらんと輝かせ俺に訴えてきた。

まあ、もう依頼を受けるつもりなので問題はない。問題はないんだが、そういえば前もキルスダンジョンの攻略をリリアは推していた。

何か理由があるのかもしれない。でも、話してくれないということは言いにくいのだろう。

今は、一旦後回しにしよう。

「わかった。その話受けるよ」

「本当ですか⁉　ありがとうございます！　では、また明日」

「うん。よろしくな」

「はいっ！」

こうして、俺たちはまた明日から地下三階――第三階層からのダンジョン探索を行うことに決定したのだった。

◇◇◇

家に帰ると、キラナとアルゲントゥが出迎えてくれた。

夕食も準備をしてくれており、全員で食事をとる。料理は、みずみずしい野菜サラダと焼いた肉と魚の二種類だ。それぞれ味付けが違うようで食べ比べてみると面白かった。

キラナとアルゲントゥの二人で作ったのだという。うーん、二人はどう見てもおじいちゃんとその孫だな。

しかし、その正体は二人とも竜族である。よくよく考えると恐ろしいことであるが、二人からは微塵も脅威は感じられなかった。

「パパぁ、一緒にお風呂入ろ?」

今日は俺がキラナをお風呂に入れる番だ。とはいえ、既にキラナは一人では入れるのだが頑なにそれを拒否している。

「ああ、わかった。俺も入るよ」

ということで俺とキラナは同じタイミングで風呂に入ることになった。俺はタオルを持ち浴室へ向かう。その後ろをパタパタついてくるキラナはとても可愛らしいものだった。

さて、服を脱いだ俺とキラナは風呂場に入り、いつものようにお互いの頭を洗ったりした後で湯船に浸かった。俺と向かい合わせに座るキラナは、なぜか上機嫌である。

「今日ねー、あの筋肉の人が来たんだよ」

筋肉の人、というのはフレッドさんのことだ。この街のギルド長であり俺の兄貴的存在である。職種はモンク。

だけど、今日来るなんて話は聞いていなかった。何かあったのだろうか？

「フレッドさん、何か言ってた？」

「んー。ダンジョンがどうしたとか、あとはね、えーと……」

「うんうん」

「……ひみつー!!」

フレッドさんとの秘密か。気になるけど、すっごい笑顔のキラナの様子から、心配する必要はなさそうだ。

だけど、なんかモヤッとするなあ。

おそらく秘密自体は大したことはなく、俺に内緒なことを持つことが楽しいのだろう。

詳しく聞けば教えてくれそうだけど、楽しそうなキラナの様子からとてもそんな気にはなれなかった。

「ねー、パパぁ。明日からだんじょんってところに行くんだよね？　ついていっていい？」

「えーっと……」

うっ。こんな笑顔で言われて断るのは至難の業だ。行きたいというなら連れていってあげたいと思うのだけど、危険がゼロというわけではない。

もっとも彼女自身は普通の人間よりかなり強く防衛能力も高い。勇者のスキルですら彼女に大きなダメージを与えられなかった。

とはいえ何が起きるのかわからないから心配だ。これは過保護だろうか。

俺がすぐに答えない様子に、キラナは追い打ちをかける。

「魔法学園というところ、見てみたいなー行ってみたいなー歩いてみたいなー」

体を左右に揺らして俺を煽るキラナ。

うッ……。今キラナは神殿と家の往復になっている。そのうち学校にも行くようになるのだろう。

魔法学園が適しているのかはわからないけど見学するのはいろいろ興味が出てきて悪いことじゃない。

まあ探索の間はティアに面倒を見てもらう手もあるし、防衛力で言えば誰よりも高いキラナのことだ。慎重にすれば大丈夫だろう。

「そうだな。わかった、一緒に行こう」

「やったー!!」

はしゃぐキラナが両手をバシャバシャさせ水が跳ねる。楽しそうだしまあいっか。

一通り喜んだ後、再び上目づかいで俺を見つめるキラナ。まだ何かあるのか?

「ねー、ねー、パパぁ」

キラナは湯船の中で俺の腕にしがみ付く。彼女の体温が伝わってくる。竜人族といっても、人のそれと変わらない。

なんだかあったかくて柔らかですべすべな感触で、とても心地が良いものだった。そんな状態で質問してくるキラナに向き合う俺。

「ん？　どうした？」

「わたし、パパのおよめさんになれるかなぁー？」

そんな純粋な瞳で俺を見つめながら聞いてくるキラナ。どうしてそんな話をしたのか、さっきの秘密と関係あるのだろうか？

「そりゃあ、もちろん」

「えへへっ。およめさんっ！」

キラナの成長のペースは人よりもゆっくりなのだろう。だから将来のことはわからない。

スキルの暴走を利用され、爆弾にされ、その命を失いかけていたキラナ。彼女がこれからも笑顔でいることが、俺の願いだ。

そのためにできることがあればなんでもやるつもりだ。


——いつまでキラナの傍にいられるのだろうか。

涙が出そうになったから慌ててキラナから目を逸らすと、俺は天井を見つめたのだった。

閑話　キラナの災難

時間を少しさかのぼる。

フィーグとリリア、アヤメが魔法学園でアンデッドと戦っている頃。キラナはアルゲントゥと一緒に神殿から帰るところだった。

キラナが竜人族であることはイアーグの街中に知れ渡っている。

だからといって、彼女を特別扱いや偏見の目で見ることもしない。誰もが普通の子供と同じように接しようとしていた。

「ばいばーい」

「はーい、キラナちゃんさようなら。おじいちゃんが一緒にいてくれていいね～」

「うん！」

一方、竜族のアルゲントゥは完全に人間に擬態している。見た目も人間で言えば七〇歳くらいの男性に見える。もっとも、やけに精悍で力強い印象を抱かせるのだが。

キラナと同じ銀色の髪をしているし、すごく懐いているので誰もがアルゲントゥをキラナの祖父だと勘違いをしていた。キラナとアルゲントゥは血縁関係にはないが、似たような系統をたどっていることに間違いはないのだが。

「しかし人間の適応能力というのはどうなっているのだ？　二日目で随分馴染んでしまった」

「仲良しはいいことだよ？」

「そうだが、警戒心というものがないのか？」

「うーん、普通だよ」

「そうか。昔と随分違うのだな」

銀竜として孤独に生きることが多かったアルゲントゥは口元を緩める。

「ただいまー」

二人は仲良く手を繋ぎ、フィーグの家に戻った。その姿は孫を連れて歩く爺さんという微笑ましい光景だ。

「ふう」

家に着き一息ついたところで、トントンとドアをノックする音が聞こえる。

すると、キラナはパタパタと足音を立てて玄関に向かった。

ドアの向こうから、若い男性の声が聞こえる。

「おーい、フィーグ、いるかー？」

「あー、きんにくのお兄さん！」

キラナがドアを開けると、体格の良い気さくそうな青年が現れた。

彼がフレッドで、このイアーグの街のギルド長だ。フィーグとは懇意にしている。

「おお、キラナちゃん今日は一人で帰ったのか？」

「ううん、違うよ。アルと一緒に帰ったの！」

「……誰？」

フレッドはフィーグらからアルゲントゥを紹介されていない。知らないのだ。当然、それはアルゲントゥも同じで……。

次の瞬間、フレッドは今まで感じたことのない気配に冷や汗が流れる思いがした。

「儂じゃよ」

家の奥からゆっくりと姿を現した老人がフレッドの視界に入る。どう見ても、元気そうなおじいさんという風貌だ。

銀色の髪は短くまとめられ、皮膚の皺は深い。相当な年齢だがその割に姿勢もまっすぐとしていた。

ただ、その気配は異質だ。強者のオーラ。冒険者としてSS級の強さを誇るフレッドでも到底抗えそうにない大きな力だ。

「初めまして、じゃな」

フレッドはこの老人が人間でないことに気付く。同時に防衛本能が働いた。体が強者の気配に怯えて震える。

「何者だ？」

フレッドはほとんど反射的にキラナを背中に隠す。

「キラナは俺の後ろでじっとしてな」

「ほえー？」

戸惑うキラナを気にしながら、勇気を振り絞ってフレッドは初対面の老人に尋ねる。

「俺はフレッドという。この街でギルド長を務めている。あなたは何者だ？　もし、キラナちゃんに危害を加えるようなら――」

「だったら？」

フレッドは戦闘態勢を取る。一方のアルゲントゥも姿勢を低くし構え覇気を放つ。スキルですらない、単なる呼吸のようなものだ。

その瞬間、フレッドは突風のようなものが体を駆け抜けるのを感じた。全身から吹き出すように冷や汗が流れ出る。

「ダメだ、勝てない。死ぬ……」

フレッドの本能的な部分が警鐘を鳴らす。目の前にいるのはただの老人ではない。視覚情報なんてアテにならない。

だからといって、何をそれほど脅威に感じるのか説明ができない。しかし、自らの経験と五感、本能的なものがフレッドに戦うなと告げる。

「くっ」

体が勝手に動き、後ろに下がろうとするのを必死に耐えるフレッド。その姿を見て、アルゲントゥは目を細める。

「ふむ、勝てないとわかっていても儂と戦うというのか？」

「ああ、盾になれればそれでいいさ」

「そなたにとってキラナは命を賭けるほどのものなのか？」

「理屈じゃないさ。俺はこの子を守りたい、ただそれだけだ」

その言葉を聞き、アルゲントゥは目を閉じる。そして、息をつきしばらく沈黙する。

すると、先ほどフレッドを襲った暴風のようなものは嘘のように静まった。

「どうしたの？　アル？」

ヒリついた空気が一瞬にしてキラナの声によって穏やかになった。

「アル？　キラナちゃん、この人を知っているのか？」

そういえば、二人とも家の奥からやってきた。二人が出会ったところから今までの経緯が全く見えないことにフレッドは気付く。

「知っているよー！　アルは……おじいちゃん？」

「へ？」

その言葉を聞いた瞬間、フレッドは完全に思考が停止し、へなへなとその場に崩れ落ちたのだった。

◇◇◇

「は、はあ……申し訳ない」

フレッドは、アルゲントゥとキラナとの関係を聞いて頭を下げた。

「いや、気にするな。儂も楽しませてもらったしのう」

目の前の老人は自らを竜族だと語る。少し前に感じた、身の毛がよだつような感覚はこれだったのかとフレッドは理解した。

ああ、これが竜族の存在感だ。威圧ですらない、ただの鼻息で自分は怖じ気《おけ》づいたのだと実感する。

「はあ」

「俺はこの子を守りたい、だったか？　身内でもないのに大した覚悟だった」

「身内みたいなものですよ。それに、この子は自爆を限界まで抑え込んでいた。そのおかげでフィーグの行動が間に合い、その結果この街は救われたのです」

「爆弾化か」

一瞬空気がひりついたのを感じるフレッド。だがすぐに穏やかな雰囲気が戻る。

すると――――。

コンコン、と家の玄関のドアをノックする音がする。今日は来客が多いなとアルゲントゥは思った。

「はーい！」

キラナがぱたぱたと駆けていき、ドアを開けるとそこには二人の男がいる。

「へえ、早速いたな」

「ほえー？」

次の瞬間、男の一人がキラナの腕を乱暴に掴んだ。

突然の出来事に驚き、言葉を失うアルゲントゥ。そんな様子を気にする様子もない男はさらに言葉を続けた。

「悪いな嬢ちゃん、ちょっとこっちに来な」

「へえ、なかなか上玉じゃねーか。これなら楽しんだ後、高く売れそうだ」

「ケッまたかよ。相変わらず守備範囲広いな」

もう一人の男と目が合うとニヤッと笑い舌なめずりをする。

駆け付けたフレッドがキラナを掴む男の手を掴み捻り上げる。その男の手を捻りながら足を引っかけ体勢を崩した。

「グハッ」

フレッドは続けてキラナの手を握ろうと思ったが、すんでのところですり抜ける。もう一人の男がキラナの手をひっぱり外に連れ出したのだ。

「その子をどうする気だ?」

先ほどまでの優しい雰囲気はなく殺気に満ちた瞳でフレッドは問う。

もう一人の男は、ナイフを取り出しキラナの首元に近づける。

「動くな。このガキがどうなってもいいのか?」

フレッドは唇を噛む。この状況では動けない。相手の武器は見えないが魔法が付与されているものかもしれない。

いくらキラナが人間より遙かに強い竜人族《ドラゴニュート》だったとしても、危害を加えられる武器があってもおかしくない。

「クッ」

フレッドは動きを止める。人質を取られた状態で、ただ立ち尽くすことになる。

「よくもまあ……舐めた真似をしてくれたもんだッ」

先ほどフレッドが倒した男がいつの間にか立ち上がり、フレッドを殴ろうとする。

「クソッ！　死ねっ！」

「ぐっ……」

フレッドは思わず目を瞑るが、衝撃が来ることはなかった。

「ふむ、やはり悪しき人間もいるのだな」

男の腕を何事もないようにアルゲントゥが掴んでいる。

「はあ？　なんだジジイ？　死にたいのか？」

「まあ確かに、儂は永く生きすぎたのかも知れん。それに多数の同胞も救えなかった弱い存在だ」

空気がキンと冷えるのをフレッドは感じ取る。

先ほどの威圧のような力は確かに圧倒的な凄みがあったが感情は乗っていなかった。それですら、フレッドは体がすくむ思いがしたのに、これは……。

「おいお前ら、悪いことは言わん。早くキラナを置いて逃げろ！」

「はあ、何言ってるんだ？」

「まさか感じないのか？　このプレッシャーを!?」

「バーカ、プレッシャーだと？」

フレッドはこの街でも上位の強者だ。だからこそ、通常の人間では感じ得ない力を理解できるようになっていた。

「だから早く――」

「うるせえんだよ！」

男はアルゲントゥに殴りかかる。

「勇敢ではなく、蛮勇というか、愚かというか……ほれ」

アルゲントゥは難なく男を躱《かわ》し、トン、と、軽く胸を手で小突いた。

「ぐあっ！」

男は悲鳴を洩らすと同時に数メートル後ろに吹き飛ばされる。そのまま地面にうずくまり、ピクリともしなくなった。アルゲントゥはキラナの腕を掴むもう一人の男を見る。

「キラナよ、そのおもちゃを潰してこっちに来なさい」

「わかったー！」

キラナは首元に突きつけられているナイフを素手で掴み、まるでクッキーのように折る。

「へっ？」

唖然とする男。腕を掴む力が弱まるのを感じ取ったキラナはフレッドのもとに駆け出す。

そして入れ替わるようにアルゲントゥが男の目の前に移動する。

「おぬしも、少しは痛い目に遭った方がいいのう」

先ほどと同じように、軽く小突くと男は遠くに飛ばされる。辛《かろ》うじて気を失わなかったが、あっという間にアルゲントゥが迫ると、男は腰を抜かしてガクガクと震えていた。

逃げようにも足が言うことを聞かないようだ。

「……ひっ!?　……化け物……」

その男はカタカタと震えながら涙を流したかと思うと、恐怖のあまり口から泡を吹き白目をむき気絶してしまったのだった。

「じゃあ、キラナ、アルゲントゥさん、これで失礼します」

「はーい！　またね！」

フレッドはキラナを攫おうとした男二人を両肩に担いで挨拶をした。

立ち去ろうとするフレッドにアルゲントゥが声をかける。

「ところで、フィーグ殿に何か用があったのではないか？」

「ああ、そうですね。アルゲントゥさん、あなたにも協力をお願いするかもしれません。実は、この街にダンジョンがあることがわかりまして……どうやらその発見にフィーグが関わっているようなのです。その話を聞きに来たのですが」

簡単にフレッドは説明をした。

今後はフィーグら優秀な者に率先してダンジョン探索を行って欲しいとのことだ。アルゲントゥのような強い者がいれば、探索も捗《はかど》るだろう。

「そうか。じゃが儂はちょっと無理だな。この姿では力を発揮できないし、竜の姿ではダンジョンは狭すぎるだろう」

「え……。力を発揮できない……？」

「ああ。お主に当てた気も、随分弱まっていただろう？」

フレッドはショックを受けた。弱まってアレなのかと。

聞くところによると、フィーグは王都で銀竜……つまり、このアルゲントゥと取っ組み合いをしたらしい。

「俺……フィーグに格闘戦なら勝てると思ってたのに……よく考えたら、ナイフを簡単にねじ曲げるキラナのタックルを食らってもビクともしてなかったな」

落ち込むフレッドの頭を、アルゲントゥに抱えられたキラナが撫でる。

「よしよし」

しばらく撫でられていたフレッドは、少し気分が復活するとキラナの手を握り頭をさげる。

「キラナ、俺が落ち込んだことは内緒にしてくれないか？　アルゲントゥさんも」

「儂はかまわんよ」

「キラナもー！　秘密にする！」

「そうか……ありがとう」

男を二人軽々と抱えるフレッドは、それでも、肩を落としてギルドへと戻っていったのだった。

閑話

エリシス、夜の来訪

「フィーグぱぱぁ、おやすみー」

「はい、おやすみ」

キラナを風呂に入れ、あとは寝るだけとなった俺はキラナを寝室に連れていき自室に戻った。

今日もいろいろあった。疲れたわけではないけど、明日は未知の第三層に潜ることになる。

それに、心配事もある。キラナも同行するというのもあるけど、俺は前にレイスが漏らした魔王の存在が気になっている。

魔王はダンジョンの底から生まれると言われている。さらに、そいつが外に出ると災厄をまき散らすらしい。長い間、魔王の存在は確認されていないはずだ。多くのダンジョンも、何百年も魔王を生み出してはいない。

つまり魔王という存在がどれくらい強いのか見当がつかない。それでも、もし今のスキル暴走を引き起こすのが魔王のせいならば、倒してしまえばいい。それで解決するのだ。

でも、そんな単純なものなのだろうか。

「ふう、考えても仕方ないか」

俺は部屋の明かりを消すと、ベッドに横になった。

……しかし、寝付けなかった。

仕方ないので、目を瞑ったまま安静にしていると――。

コンコン。

ドアをノックする音が聞こえた。

「起きているよ」

それだけ答え、上半身を起こしながら部屋の明かりを灯すと同時に、誰かが部屋に入ってきた。

「なっ！」

明かりが灯ると同時に、それが誰なのかわかる。白いキャミソールだけを身に纏い薄着になったエリシスがそこにいた。

エリシスはいつも聖女着を身につけている。その姿と違いあまりに刺激的な格好だったものだから、頭が混乱してしまう。薄い生地越しに見える肌や下着は白く滑らかな曲線を描き、透き通るように美しく思わず見とれてしまうほどだ。

長い赤髪を後ろに流しているため、うなじがよく見える……じゃなくって！　なんで俺の部屋に⁉

「フィーグ様、遅くなって申し訳ありませんでした」

ベッドに座った俺の前にひざまずくエリシス。

「いや、確かに遅い時間だけど、神殿で過ごすんじゃないのか？」

「はい、そうなのですが……一度はフィーグ様のお世話をしなければならないと思い、こうして参りました」

「お世話？　っていうか、ええと、とりあえず服を着て場所を変えよう」

「いえ、このままで大丈夫です。もしよろしければ、お隣に腰掛けてもよろしいですか？」

俺が戸惑いながらうなずくと、隣に静かに腰掛けるエリシス。

「っていうか、いいのか？　エリシスは聖女で仕える存在があり、俺ではないだろう？」

「……私が仕えるのはフィーグ様ただ一人です」

「えっ」

「私を救ってくださったのは、フィーグ様であって他の存在ではありません。凝り固まった私の考えを砕き、曇っていた目を晴らしてくださいました」

エリシスは俺の目をまっすぐに見つめて語る。その表情からは何か決意のようなものを感じた。

そういえば、エリシスはこの前まで貴族の言いなりになっていたと言っていた。そんなことを考えて黙っている俺に構わずエリシスは話を続ける。

「フィーグ様が私に望むことがありましたらなんなりとお申しつけください」

俺が望むことがあるとすれば――。

「好きに自由に生きて欲しいということだけだよ。俺はエリシスの生き方を縛ったりしない。力を貸して欲しいときはお願いするかもしれないけど、そうじゃないときは気の向くままに生きて欲しい」

「はい……ありがとうございます。フィーグ様は、本当に尊い考えをお持ちなのですね。では、今は特にないということですか？」

エリシスは考え方を縛られて、それでも必死に生きてきた。自由にと言われて困っているのだろう

か。とはいえ、現時点で思いつくことと言えば、

「んーと、これからも必要なときにパーティを組んでもらえれば嬉しいかな」

「はい、それはもちろんです！　ですが、私は……その、今、して欲しいことがないのでしょうかと思っております」

えーっと、これって……。見ると、エリシスはほんのりと頬を染めている。

見ると、あんな凶悪な武器《釘バット》を振り回しているというのに腕は太くないし、綺麗な肌をしている。胸は大きいし腰回りも引き締まっている。

顔立ちは清楚系と言えるだろう。もっとも、武器を振り回している様子は清楚とはかけ離れているけれど。

エリシスは魅力的ではあるけど、慕ってくれるのを良いことにどうこうするのはおかしいわけで。

「今は特にないかな。エリシスは、うーんもう夜も遅いし休んで欲しい。えっと、俺の部屋のベッドくらいしか寝るところがないから、ここで寝て良いよ」

「フィーグ様はどうされるのですか？」

「俺はリビングのソファで寝るよ。まさかエリシスをそっちで眠らせるわけにもいかないし」

「それはダメです。その、良かったら、このベッドで一緒に寝るというのはどうでしょう？」

……もしかして、初めからそう計画していたのではないか？

断ると押し問答になりそうだったので、仕方なく同じ布団に入ることにした。

でもいいのか？　聖女であり元神官であるエリシスと同衾《どうきん》なんて激しく罰当たりじゃないだろう

か？

明かりを消して、エリシスの隣で横になった。

しばらくしても俺は寝付けず、静かな中に互いの吐息だけが聞こえている。

「フィーグ様……」

暗い部屋に目が慣れてきた頃、エリシスが俺の方を向き、手を伸ばし抱きついてきた。

「あの、頭を撫でていただけないでしょうか」

可愛いらしい子供みたいなお願いだ。

俺もまたエリシスの方を向き腕を絡めると優しく頭を撫でる。

「こうしてもらうと安心します。両親にされていたことを思い出します」

意外と、甘えん坊のエリシスに俺は口元が緩む。しかし、どうしても釘バットを振り回す姿と一致せず頭が混乱してしまう。

そんなことを考えていると、いつの間にか顔が近づき、互いの吐息が触れ合うまで近づいていた。

そう言えば、聞いておかないといけないことがある。

「というか、エリシス……その、まさかとは思うけど前婚約していた貴族に何かこういうことを無理矢理させられていたんじゃないか？」

貴族《アイツ》は明らかにエリシスを道具としか考えていなかった。さんざん診療所でこき使い、用済みになったと婚約破棄をし、さらにもう一度道具のように扱おうとしていた。どんな下衆《げす》なことをしていても不思議ではない。

本来は聞くべきじゃないかもしれないが、この行動がもしその洗脳に近いようなことなら、放ってはおけない。

司祭や聖女、神官職などは異性と関係を持つとスキルが消えるという話があるが、これは嘘だ。単なる戒めとしてそう語られているだけ。だから、聖女スキルを持つからといっても安心はできない。

一瞬の間を置いた後、エリシスが静かに答えた。

「あ……いえ……。されていません……何も。実はもう婚約しているからと部屋に呼ばれたりもしたのですが……嫌で嫌で断っていました。ですので、男性の方とこのようにするのは……初めてです」

ふう、と俺は安堵の息を漏らす。貴族《アイツ》は王都近郊で争乱を起こしたとして、騎士から尋問を受けているはずだ。処遇がどうなろうと知ったことではない。だけど、事と次第によっては俺から罪を重くしてもらおうとも考えていたが、それには及ばないのかもしれない。

「……ですから……フィーグ様とこうしているのはドキドキして仕方がないのです」

「うーん、こういうのはさ、ちゃんと結婚する相手とじゃないといけないような気がする。だから、やっぱり俺は――」

ベッドから出ると言おうとしたところで、エリシスの脚が俺の脚に絡まった。

肌は熱を持ち、アヤメとは違う大人の柔らかさとしなやかさを感じる。

「いいえ。私は、フィーグ様以外にお仕えすることはありません。リリアさんが第一夫人であるなら、私はその次でいいので」

なんだか貴族然とした考え方に俺は苦笑いをしてしまう。もっとも、エリシスは元々貴族なのだから当然ではあるけど、どうにも庶民的な考えといろいろ混じっているように思う。

「フィーグ様は、私のことは嫌いですか？」

そんなことあるはずがない。俺にとって大切であることに変わりはない。

でも、この聞き方はズルいと思う。嫌いじゃないのは当然だが……。

「そんなことはないよ。大切な人だ」

俺は心の内を飾らないで言ったものの、こう答えてしまうとどんな風に受け止められるのか容易に想像できてしまう。

とはいえ、他になんと答えれば良いのか。エリシスの問いに傷付けないで正しく伝える言葉を俺は持ち合わせていなかった。

そして、その予想通りに俺の言葉を聞いたエリシスはさらに俺に顔を近づけ、

「では……お願いします……」

そう言って唇を重ねてきたのだった――。

第二章

"Saikyo no seibishi" Yakutatazu to iwareta
skill mente de ore wa subete wo,
"Makaizou"suru!

第十四話 リリアと兄

フィーグがエリシス来訪の対応をしている頃……。

リリアは自室で、ベッドに一人寝転がってつぶやく。

「……フィーグさん、ごめんなさい」

かすれるような声を上げて、そしてリリアは溜息をつきながら目を瞑った。

「フィーグさん……私……」

その言葉を口にして、苦悶の表情を浮かべる。

「……いつか、フィーグさんと家族になれたらいいな。今みたいに同じ家に住んで、いつまでも楽しく暮らせたら、いいのになぁ」

ついつい、独り言を言ってしまう。

しかし、これは叶わぬ願いだと思い込むように、深い溜息をつく。

「ああ……フィーグさん……」

リリアは、目を瞑り同じ屋根の下にいるフィーグのことを思い浮かべる。

「前衛タイプじゃないのに、あんなにたくましくって……人間はやっぱりそう見えちゃうのだろうけど——」

エルフ族のリリアは人間の、特に男についての知識がなかった。エルフの男は人間と比べ細身だ。

その分フィーグをたくましく感じるのは当然のことではあった。

フレッドの上半身裸も戦闘時に見たことはあるのだけど、さすがにアレはやりすぎだと感じている。

そういう意味で、フィーグはリリアにとって丁度良い筋肉量であると言える。

「ああ……フィーグさん……」

フィーグの姿を思い出すと、リリアは体の中心が熱くなるのを感じていた。

「んっ……んふっ」

勝手に声が漏れ出るが、それをリリアは我慢しつつ行為を続ける。

片手を夜着の上から胸に当てると、先端を探し出し指でそっとつまむように触れる。すると、その部分の感覚が敏感になるのを感じた。

もう片方の手は自分の下腹部に伸ばし下着越しにそっと撫でつける。

すると、胸の先端が次第に隆起し、固くなっていった。

「んっ……」

声が漏れそうになるくらい感じてしまう。だが同時に少しだけ物足りなさも感じてしまう。

戦士ではないはずなのに、フィーグの手の大きさや腕の太さ胸の厚さ……あの夜のことを思い出すたびに体が熱を帯びていくのがわかる。

「ごめんなさい……」

そう思いながら、その感覚に浸る。罪悪感を抱きながら、それでも止められない。

「あっ……あぁっ」

次第に声が高くなり、同時にリリアの頬が紅潮する。

もう何度も、頭の中で繰り返し行われている想像の中で、フィーグの顔が浮かび、その手が優しく胸の膨らみを撫でる。それから……それから……。想像するだけで体が熱く反応してしまい、思わず枕を抱きしめ顔をうずめる。もう一方の手は下着の中へ入り――静かに蠢く。

「んんんっ！　あっあうっ！」

抑えきれない声が部屋に響く。

「フィーグさんっ!!　あああぁっっ!!」

我慢しつつも、絶叫が漏れ体が大きく震えた。ビクビクと全身を震わせ、その快楽に身を委ねるリリア。

やがて最後に大きく体が揺れた後、しばらく息を荒げ余韻を感じる。しかし、次第に落ち着くと共に虚しさだけが胸に残った。

「……はぁ……」

今度は深い溜息をついてしまう。フィーグは同じ家に住んでいる。いつでも、リリアは彼の部屋を訪れることだってできる。

でも、もうできずにいた。フィーグを利用しているという罪悪感が、その足を止めてしまう。

それでも、ここまで来てくれればと願うのだが、フィーグはやってこない。

思い人が訪ねてこようとしないので、リリアは一人で枕を濡らすのみだ。

「ん……」

もう一度……したい……。リリアがそう思い再び体の中心に手を伸ばしたとき、突然枕の横に置いてあった水晶珠が震えた。

慌てて夜着を元に戻すリリア。

『リリ……ア、リリア、聞こえるか？』

「お兄さま、うん、聞こえる」

『そうか。その、リリア……邪魔じゃなかったか？　取り込み中のようだったが』

「えっ、聞いてたの？」

『あ……ああ……』

「ううう－忘れて！　お兄さま！」

一旦は引いていたリリアの火照りが、再度舞い戻ってくる。リリアはよりにもよって身内である兄に聞かれたのが恥ずかしくて仕方ない。

再び枕に突っ伏すリリア。

『フィーグ……か。リリアがそこまで入れ込むとは思わなかったな』

リリアの兄の声がやや沈んでいる。思いもよらなかった、と考えているのが伝わってくる。

「そんな、入れ込むっていうか……フィーグさんのおかげで、私は自信のなさを払拭して、前を向いて歩くことができるようになったの。それに、私が抱えていた問題を全部解決してくれた。どれだけあの方に救われたのかわからないくらい」

『リリア、フィーグという男にそこまで……一度会いたいものだな』

深い溜息をつくリリアの兄。

「もうすぐ会えるよ。明日から第四層に潜るし。兄さんがいる第六層まであと少し。それでね、魔王の動きはどうなの？」

『残念ながら順調に育っていて上層に向かっている。あの調子だと二日後くらいには第五層に到達するだろう。そちらの方が早く出くわすかもしれない』

二日。たったの二日だ。とても準備が整うとは思えない。出たとこ勝負で行くしかない。

「わかった……」

絞り出すようなリリアの声。

『リリア、お前はそのフィーグという男と一緒にこの街から離れるという手もあるぞ。魔王が地上に出れば相当の被害が出るだろう。巻き込まれれば死ぬ可能性もある。それでも、王都から軍が向かうハズだ。軍隊の多大な犠牲と共に魔王はいずれ消滅させられるだろう』

その声に対して、見えないとわかっていても、リリアは首を横に振る。

「フィーグさんはこの街を離れないと思う。自らの命を賭けてまで街を護ろうってしたんだもん」

その言葉を受け、兄は深い溜息をついた。

『いいのか？　リリア……失敗すれば――彼だって知っておくべきだろう？』

その声を聞いた途端、リリアの瞳が潤む。

「うん。一緒にいられなくなる。私から、全部話すね」

『ああ、リリアに……任せるよ』

「お兄さま？　もしかして――暴走が？」

『そうだな。もう少し保《も》つと思っていたのだけどもうダメかもしれない。あとは、もう直接話すしかないだろう』

時間切れなのか、それっきり水晶珠からの声は聞こえなくなった。

「兄さん……？」

リリアの声に、応える者はもういなかった。

リリアは思う。終わりの時間が近づいている、と。

この生活の終わり、フィーグの傍にいるという時間の終わり。そして、兄の――。

第十五話

キラナ初めての冒険（1）

俺が目覚めると、エリシスの姿は見えなかった。

気のせいかもしれないが、まだ胸の中にエリシスの温もりが残っているような、そんな気がした。

部屋の中にはエリシスの着ていたものは既になく、神殿に戻りますという書き置きがあった。

聖女のエリシスを神殿が放っておくハズもない。元々いた診療所ほど過酷ではないとは思うが、その力をアテにする者は多いだろう。

一緒にダンジョンに潜りたいと思うのだけど、どうやら難しそうだ。

「フィーグぱぱー！　おっはよー！」

ドーンと入り口の扉が開き、元気いっぱいに飛び込んでくるキラナ。ニッと歯を見せて俺に抱きついてくる。

「あれー？　ぱぱ裸なの？」

「ああ、ちょっと暑くて」

苦し紛れの言い訳だけど、キラナは納得してくれたようだ。

「もうごはんできているよー！　はやくダンジョンに行こっ!!」

「わかった。着替えたら行くから、キラナは先にご飯食べてて」

「はーい！」

キラナは返事をするやいなや部屋を出ていった。

俺もとっとと身支度を済ませないとな。昨日はまさか、あんなことになるとは思っていなかった。

キラナは気付いていないようだったが、リリアやアヤメ、そしてアルゲントゥは気付いているだろうか？

ひょっとしたら、アルゲントゥ辺りは気付いているのかもしれない。でも、何も言ってこないということは彼なりに気をつかっているのだろうか。


俺たちは朝食をとり、ティアによる送迎で魔法学園に向かった。

「すごい人ー！」

「みんな、ダンジョンを目指す冒険者だ」

途中、数人ずつくらいの冒険者風の格好をした者たちが、魔法学園に向かって歩いているのを見かけた。

今までは、そんな人の流れはなかった。

フレッドさんも動いているようだし、イアーグの街全体でダンジョン攻略に力を入れるということなのだろう。

キラナが馬車の窓から外を見つめている。彼女はこの馬車に乗るのは初めてだったはずだが、以前よりは随分落ち着いている。

これが成長というのだろうか。

うーん、キラナはめっちゃ成長しているというのに、俺と来たら……。少し落ち込んでみたりする。

「あれが、がくえん？」

「そうだ。アヤメが通っている学校だな。魔法学園という名前だが、広くスキルの勉強をするためのものだ」

「そうですわ。この国最大の魔法を学ぶための学校ですわ」

ティアがなぜか鼻を高くして言う。

キラナが指さした方向の先には、白い建物と門が見えた。入り口付近では、ギルド職員らしき人たちが、冒険者証や階級をチェックした後、学生会館の方に案内をしているようだ。

「何してるのー？」

「ああ、あれは冒険者のチェックだろう。入れるかどうか、チェックしてるみたいだ」

「どうして？」

「えーっと……ティア？」

「あれはですね、安全のために初心者が一人で潜ったりしないようにチェックしているのです。これからは街の外から冒険者も入ってくるでしょうし、身元の怪しい人を潜らせたくないのもあります」

セキュリティというやつだ。一応王国の施設なので、入る人間はチェックしたいのだろう。

学園の入り口から学生会館の地下までは、仮説の通路が作られている。冒険者は学園側に入れないようになっているようだった。おそらく安全性を考慮してということだろうけど。

そんなことを考えていたら、あっというまに魔法学園に到着してしまった。

俺たちは顔パスで学園内に入る。

さて、これで何度目かの魔法学園だ。特に今までと変わらないと思っていたのだが。

「わーっ!! 可愛いッ！」

そんな黄色い歓声と共に学園の生徒たちに俺たちは取り囲まれることになる。

「ホントだ、めっちゃ可愛い。あ、頭に可愛らしいツノがある」

「ああ、この子が噂の、竜《ドラゴ》……なんだっけ？」

「竜人族《ドラゴニユート》ね！」

わいわいと、生徒たち、主に女生徒が集まってきた。

「ほえ？」

可愛らしい戸惑いの声を上げるキラナ。その声に、さらに歓声が大きくなった。

「あら、その隣にいらっしゃるのは……フィーグ様!?」

「本当だ、私のスキル修復をしていただいた、恩人がいらっしゃいます！」

「なんでも、ダンジョンを学生会館の地下部分に発見された功労者だとか」

今度は俺に矛先が向けられる。しかし、すぐに、

「あら、そのお隣の麗しい方は……確か、リリア様ですわ」

「剣術がすごいという話を聞いたことがある。SSSランクの荒くれ者を圧倒したとか」

「強い方なのですね……憧れてしまいます」

いくつもの声がリリアに向かう。さすがにこれだけの人に一度に話しかけられた経験はなく、リリアは恥ずかしがっているようだ。

さて、身動きもできなくなったしどうしたものか、と考えていると。

「皆様、フィーグ様たちがお困りのようです。あまり迷惑をかけないようにしてください！」

凜とした声が聞こえた。ミナだ。この学園の女生徒で、俺がスキル修復をした上、魔改造を行い、そしてレイスに殺されかけていたところを助けた少女。

「あ、ミナ様……」

「申し訳ございません、承知いたしました」

キビキビと行動する女生徒たちは、まるで潮が引くようにいなくなってしまった。

大した手際だと思う。

「フィーグ様、大丈夫でしたか？」

「ああ、なんとか。でも、すごい勢いだったな。男子がいないだけマシだったのかもしれないが」

「はい、申し訳ございません。みんな、エンタメに飢えておりまして……そこに可愛らしい女の子や男性が現れたら、仕方ないのかもしれませんね」

そう言って、俺たちを見るとミナは目を細めた。

「ありがとう。助かったよ」

「はい……あの、一つお願いがあるのですが」

「お願い？」

問い返すと、ミナは一枚の羊皮紙をどこからか取り出し、俺に渡した。

「これは？」

「もしよろしければ、フィーグ様のサインをいただきたく」

「えっ？」

俺はたじろぐ。サインって……契約書に書く名前で良いのか？　いや、違うよな。でもそんなの、考えてないぞ。

「あ、あの、もしよろしければ、ミナへ、とこの辺に書いていただけると嬉しいです。今すぐとは言いません。フィーグ様のお屋敷に後日お伺いしますので」

「わ、わかった」

とりあえずこの場は凌げそうだが、うーん、サインか。果たして、ミナに人を払ってもらったのは正解だったのだろうか？　そう疑ってしまったのだった。


さて、静かになったところで、いよいよダンジョン探索開始だ。

「では、フィーグ様、リリア様、それに……キラナ様、よろしくおねがいします」

「「「はい」」」

アヤメとティアは授業に戻ることになっている。もっとも、彼女らの力が必要であれば要請も可能だ。

「リーダーはフィーグ様でよろしいですわね？　可能なら調査優先でどの階層にどんな魔物がいるの

かを調べていただけると助かります」

「深い層は目指さなくて良いのか？」

「そうですね、可能ならそうしていただいて構いませんが、できれば一般冒険者のためにも、どれくらいの強さの魔物がいるのか、わかるとありがたいのです」

今日はキラナもいるし、四階層だけの調査に留めよう。一応、キラナは明日から神殿で勉強をすることになっている。

まずは、第三層（学生会館地下二階）だ。

「フィーグさんたちが帰った後、先生方と冒険者の数名で調査したところ、第三層、地下墓所《カタコンベ》は低レベルアンデッドが発生する階層に変化したようです」

「変化？」

「はい。ダンジョンの性質として、制覇、つまり階層ボスを倒すことで階層の質が変化するというものがあります。ボスがいなくなることで、ボスの力で維持されていた魔物がいなくなり、弱体化するのでしょう」

ティアの話だと、第三層、地下墓所はゾンビやスケルトンなどの下級アンデッドが多く出現する。また、たまにゴースト系が出現することもあるらしい。

「ちなみに、学生会館地下一階に戻らず、キルスダンジョン側に戻り第二層に行くとオーガ系、ゴブリン、オーク系などが出ます。ただし、第一層だけは例外であり、スライムのような特殊なモンスターが出るみたいですね。いずれも、低レベル冒険者には、格好の修行場所となるでしょう」

俺たちがキルスダンジョンを攻略したときの第一層、第二層はオーガしかいなかった。こちらも、性質が変化したのだろう。


俺たちは学生会館地下一階の入り口までやってきた。

「じゃあ、お兄ちゃん、リリアさんにキラナちゃんも、頑張ってなの。それと、ムリをしないでなの」

アヤメが口を開く。

「そうか。アヤメとティアは授業に出るのだな」

「うん。本当はお兄ちゃんとダンジョン探索したいけど、今は授業をしっかり受けた方がいいのかなって思うし」

「ダンジョンは逃げないからな。時間があるときに一緒に潜ろう」

「わかった。じゃあ、また後でね！」

「ああ、ティアも一旦ここまでだな」

「そうですわね。アヤメも言っていましたけど、くれぐれも安全第一でお願いします」

「ああ、わかっているさ」

そうして、アヤメとティアと別れ、俺は振り返りキラナとリリアを見た。

「じゃあキラナ、リリア、行くぞ！」

「はーい！　リリアも一緒」

「はい、一緒ですね」

俺たちは意気揚々と、ダンジョンへ足を踏み入れたのだった。


「ざわ……ざわ……」

第三層に下ると、既に冒険者が探索を行っている。浅いところで様子見をしているパーティが多いようだが、中には深く潜っていく人たちもいるようだ。

昨日、俺たちは比較的階層入り口に近いところで戦いリッチを倒した。

本来は最奥にいるはずの階層ボスなのだが、セドリックやアヤメに引き寄せられて入り口付近までやってきたのだろう。

俺たちは、他の冒険者を横目に見ながら、最奥に向かっていく。


第三層、地下墓所はマス目のように通路が広がっており、特定の方向に向かうのであれば迷うこともほぼない。

時折、スケルトンやゾンビなどと戦闘になるのだが、俺やリリアの敵ではなかった。

「ここは――」

俺たちは、昨日リッチと戦った礼拝堂に着いた。

今はしんと静まり返っている。

あまりに静かで見落としていたけど、少し高い位置にある舞台の奥の方に何者かが佇んでいる。その体は闇に包まれていて、僅かに明滅していたが、俺に気付いたようだ。

『おや、フィーグ殿いらっしゃいましたね』

「お前は、アヤメに召喚されたリッチか？」

俺が問いかけると、闇の眷属であるリッチはうなずいた。

『その通りでございます。我が主、アヤメ様のお兄さまであることは存じております』

「なぜここにいるんだ？」

『それはですね、アヤメ様に頼まれまして、フィーグ殿たちの護衛を隠れて行う予定でした』

コイツ、それを俺に言ったら台無しなんじゃないか？　案外抜けているところがあるんだな。まあ、せっかくなので俺はリッチに依頼をすることにした。

「えっと、じゃあさ、下の階層に続く階段まで、案内して欲しいんだが、頼めるか？」

『もちろんでございます』

「この階は単純な作りになっているので、正解のルートを探すのは苦労しないだろうけど、知っているのなら教えて欲しくってな」

『はい、承知いたしました。ではよろしくお願いします』

「ああ、頼む」

俺たちはリッチの導きにより、あっさりと下方に向かう階段を発見した。

単純な作りというのは見た目だけで、実際には隠された通路や隠し扉などがあったりしてなかなかギミックが充実していた。リッチがいなければ、それなりに苦労したかもしれない。

なお、キラナはギミックがあるたびに瞳をキラキラさせ「すごーい！」と感嘆していた。

『ではこちらになります。この奥が元ボスが鎮座しておりました大広間です。なお、今は大量のスケルトンとゾンビがおりますが、構いませんか？』

「ああ、行こう」

階段を下りた先にあったのは巨大な空間だった。天井が高く広いため圧迫感はない。

そして、この部屋の中央には玉座があり、今は誰も座っていない。代わりに……。

「フィーグパパ、なんかいっぱいいる」

「ああ……そうだな。これがリッチが言っていた大量のアンデッドというわけか」

俺たちの視線の先には、大量のスケルトンとゾンビがいた。

『ボスはいないのですが、その残滓《ざんし》が残っているようでここに集まったみたいなのです』

ざっと見ただけで数十体はいるだろう。いろいろとボロボロになった彼らだが、なんせ数が多い。

俺とリリアの敵ではないとはいえ、これを相手にするのは文字通り、骨が折れそうだ。

ただ、状況はそれほど悪くはない。広いものの、俺たちの後ろは隠し扉の奥にあった階段なので、案内してくれたリッチ以外の低級なアンデッドが来ることはないだろう。そうすると、敵は前方にいるアンデッドの群だけになる。

「じゃあ、キラナ……やってみるか？」

「うん！」

俺たちは事前にリッチから情報を得ていたので、作戦を練っていた。

とはいえ、作戦と言うほどでもないのだが。

「ちなみに、ちょうどアイツらだけを倒せるように調整ってできる？」

「うん、やってみる！　……すぅぅぅう……」

キラナが息を吸い込み、お腹が少しだけ膨れる。

「キラナちゃん、頑張って！」

リリアは両手を握りしめて応援する。その姿はまるでキラナの母親みたいで少し面白い。

「【獄炎の息《ヘルファイアブレス》】!!　はあああああああああ！！！！！！」

キラナが吸い込んだ空気が、真っ赤な炎となって吹き出していく。

もわっとした熱風が俺の頬を撫でた。同時に可愛らしいキラナから放出されたとは思えない、凶悪な炎の塊が前方のアンデッドたちを目指して突き進んでいく。

ゴオオオオオオオオオ！！！

轟音と共に炎が炸裂した。あまりの熱気に肌が焼けてしまいそうだ。

しかし、それ以上に恐ろしい光景が広がっていることに気がついた。なんと、炎の直撃を受けたスケルトンたちが一瞬で灰と化したのである。さらに、その奥にいたゾンビたちも燃えカスになり崩れ落ちていった。

「……え？」

思わず声が漏れてしまった。

半分程度倒せれば良いかと思っていたのだが、まさか一瞬で全て灰にしてしまうとは。

アヤメから王都でのキラナ大激怒事件のことは聞いていた。なんでも、アヤメに乱暴をしようとした男二人を怒りのあまり灰にしかけたのだとか。

そのときの威力より、遙かにすごくなっているような。俺は、スッキリとしたような顔をしているキラナと手を繋ぐ。

『名前：キラナ（種族：竜人族《ドラゴニュート》）
職種スキル：
【竜人：獄炎の息《ヘルファイアブレス》】ＬＶ98
【竜人：竜化】ＬＶ55
【竜人：飛翔】ＬＶ45』

「えっ……キラナ、スキルレベルがもうすぐカンストする……いつの間に？」

「えへへ、すごい？」

「あ、ああすごいぞ」

「やったー」

喜ぶキラナの頭を優しく撫でると、彼女は嬉しそうに目を細める。

それにしても、だ。こんなに簡単に殲滅《せんめつ》できるなら、俺の緊張はなんだったんだ。

『ははあ、フィーグ様のお連れ様もすごいですな。では、私の役目はこれまでとなります』

「ああ、ありがとう。これで第四層に踏み込めるよ。ちなみに、次はどうなっているのかわかるのか？」

『いいえ。わかるのはこの地下墓所《カタコンベ》だけです』

残念だ。俺たちが調べるしかないだろう。早速、広間の一番奥にある下り階段を下りようとしたところ、ふと気になることがあったのでリッチに質問する。

「ちなみに、もう仕事は特にないのか？」

『はい。アヤメ様に命令されたことは他にありません。何か御用が……？』

「ああ、もし良かったら冒険者たちをチェックして欲しい。なんというか、調子に乗っている奴がいたらびっくりさせてやりたい。もちろん、殺したらいけないが可能か？」

『……なるほど！　そういうことでしたらお任せください！』

ノリノリで立ち去っていくリッチ。他の場所と違い、ダンジョンは入り口に残る以外の脱出方法がない。深い階層に行くのなら、いくら低層といっても危険なことがあるのだ。

こうして俺たちは、第三層の攻略を終えたのだった。

なお、意気揚々と徘徊するリッチの報告によると、授業を終えたセドリックたちが調子こいて第四層アタックをしようとしたのだが……リッチの姿を見て腰を抜かし退却したとかなんとか。

それはまた別の話である。

◇◇◇

長い長い階段を下りて第四層にたどり着いた。

本来ならキラナを連れてくるつもりがなかったのだが、アンデッドの大群を倒すのに頑張ってくれたし、ご褒美としていつでも上層に退避できる階段近くで探索をすることにした。

第四層は「水と緑の大森林」と俺が勝手に名付けたのだが、言葉が示す通り、広大な森が広がっており様々な植物や動物がいるようだった。

「ほえー。ここ地下なんだよね？　パパぁ」

「うん、そのはずなんだが」

森の中には湖もあり、その周辺には綺麗な花が咲き乱れているのが見える。

そんな幻想的な風景が広がる中、俺たち三人は歩いていた。

上を見上げると、雲に覆われているような霧が立ちこめていて、天井部分が見えない。下り階段もかなり長かったし、相当な高さがあるようだ。

さらにはまるで太陽のような輝く光源があるようで、見つめると目が眩むような光の塊が上空にある。

そのおかげで木々が生長し森を豊かにしているのかもしれない。

「不思議な場所――」

「うん。まるで外にいるみたいだ」

森と言えば、エルフ族であるリリアが詳しいはずだが……うつむき表情が優れない。体調がわるいわけでもないそうで、その理由をうまく聞き出せずにいた。

「……ん？……何か……来る……」

先頭を歩いていたリリアが急に立ち止まった。彼女の視線の先には小さな池がある。

水面が大きく波打っているのが見えたので、魚でもいるのかと思ったが。違うようだ。何かが泳いでいるのだ。それもかなり大きいものが動いているように見える。

バシャアアアン！！！

大きな音を立てて飛び出してきたものの正体を見て驚くことになった。巨大な蛇――ウォーターサーペントだ。体長は馬車数台分以上あるだろうか。

「キシャー！」「シュー！」

威嚇するようにこちらを睨んでくる巨大ヘビに対して、リリアも戦闘態勢に入った。

が、冷静に考えるとキラナもいる。ウォーターサーペントは毒を持つと言うし、食らっても厄介だ。

おそらく近づかない限りは相手にしなくても大丈夫だろう。地上に出現することもあるが、何時間もいられるわけじゃない。

「ていうか、いきなりAクラスのモンスターとか――」

第三層もリッチやレイスなどやばいやつがいた。だけどここでは、魔法を帯びない野生型のモンスターですらなかなか難度が高い。

俺たちは慎重に調査を続けた。

同じ階層には他に、ダークドライアド、ファングパンサー、そしてレッサードラゴンがいたのだった。俺たちは、それらモンスターの存在を確認してティアに報告するため、帰路についた。

第十七話

報告と対策と

「なるほど、ウォーターサーペント、ダークドライアド、そしてファングパンサーですか。水棲型に精霊、そして野生動物、随分バラエティに富んでいますね」

帰りの馬車の中、ティアに簡単に第四層の説明をした。

「そして、『水と緑の大森林』ですか。魔物といい階層の状況といい自然に溢れたところなんですね」

この迷宮が人工的に造られたものであることは間違いないだろう。実際第三層までは人工的な通路が続いていた。しかし、第四層はうって変わって自然豊かな環境だ。

ここまで自然な場所は珍しいのではないだろうか。

「ところで、ボスらしき存在は確認できたのですか？」

「いや、まだだな。キラナもいたし、あまり深くは調べなかった。霧が立ち込めている場所もあるし、それなりに探索は時間がかかりそうだ」

キラナの方を見ると、うとうとと舟を漕いでいたので抱きよせる。するとすぐに寝息を立て始めた。よほど疲れたのだろう。元気いっぱいだったし楽しかったのだとも思う。

俺たちよりもキラナの方が強いのかもしれないが、戦うにしては集中力がもう少し欲しいところだ。

実際、第四層を歩いていたときも少し疲れを見せていた。竜化《ドラゴンモード》を起動すれば良いのだろうが、無理をする場面では全然ない。

「やっぱり腕利きの冒険者を第四層に開放しましょう。フィーグ様の調査ですと、集団で襲ってくる魔物は少ないようですし」

「そうだな。まだ発見できてないだけかもしれない可能性もあるけど、それでも多くはないと思う」

すると、少し顔を明るくするティア。

「でしたら、私も潜ってみようかしら。木々が生い茂る階層なら私の風の大精霊《シルフィード》も活躍できそうです！」

確かに風属性の大精霊が大いに実力を発揮できる場所だろう。木々から情報を集めたり、それこそダークドライアドたちと会話もできるかもしれない。さらには空中から偵察することも容易だと思われる。

ただ問題は……ティアが王族であるということだ。

「……大丈夫か？　危険だぞ？」

俺は思わず聞いてしまった。ダンジョンという性質上、ティアを護衛する騎士たちが対応できるかというと微妙だ。

それに何かあったときに学園側の問題になる可能性もあるだろう。

ティアの責任でもなんでもないのだけど、王族と言うだけでいろいろな事態が想定されてしまう。

「はい、それについては大丈夫です。フィーグ様はリリア様と——アヤメと一緒に探索をお願いします」

「えっ？　っていうかティアも学校は？」

「ええ、明日はお休みです」

「ああ、そうか。アヤメはそれでいいのか？」

俺は今か今かと口を挟みたそうにしていたアヤメに話を振る。

「うん。私もお兄ちゃんと一緒に潜ってみたいし、それに私の火炎の大精霊《イフリート》が風の大精霊《シルフィード》の近くにいると、森が燃えちゃうかも」

炎と風。火と水のように相性が悪いわけではないが、互いの相乗効果で森を燃やしてしまうのはあまり良くない気がする。

ダンジョンとはいえ、自然が形成されている。多くの命がそこにあるのだろう。それにもし、下層に下りるための何かが森の中に隠されていたら？　場合によってはその手段が失われる可能性もあるのだ。

「なるほどな。ティアはくれぐれも気をつけてくれよ？」

「はい、わかっています。危険なことはしませんし、あまり奥には入りません」

まあ、それならと……俺はうなずいた。

だけど、それまで頑なに黙っていたリリアが口を開く。

「それでも危険かも。魔王が出現した可能性がありそうです」

「魔王……」

リッチを倒したときのことを思い出す。確か、アヤメを『我が主人、魔王様の闇の貢ぎ物』と言っていた。その言葉は、魔王が存在しないと出てこない言葉だ。

「魔王、ですって？」

ティアは驚きを隠さない。さすがというか、その存在を知っているのだろう。この王国には、いくつかのダンジョン都市がある。場合によっては周辺に大きな災害をもたらすその存在を放置すると国が傾く可能性がある。

だからそのために、勇者となる存在を探したり、国の事業として勇者パーティを運営するのだ。

とはいえ、何か証拠があるわけでもない。おそらくそれを理由にティアが否定する。

「うーん、でも魔王は数百年現れていないし……」

「はい。ですが可能性はいつでもあります。その対処を考えた方がいいかと」

「確かにそうですわね。魔王復活の兆しがあれば、すぐ撤退、その上で騎士に頼むなり冒険者で対応するなり決められるようにギルドと騎士団に連絡しておきましょう」

話が決まっていくが……俺は知っている。リリアは確信して言っていることを。

二日前の夜に、リリアが兄とかいう存在と魔王復活について話をしていたのを俺は聞いている。

「ふう……」

リリアが軽く溜息をつく。まるで、今まで言えなかったことを吐き出せた、そんな気持ちを抱いたように見えた。

その姿を見て、まだ他にも何か隠している、と俺は感じた。

だから、今晩にも呼び出して話を聞いてみようと俺はそう決心したのだった。

そして、その夜――。

◇◇◇

俺たちは家に戻りティアと別れ、夕食をとった。

あとは風呂に入って寝るだけだが、最初に俺が入ることになったので一人湯船に浸かる。

「ふう」

やはり風呂はいいものだ。一日の終わりに入る風呂というのは格別だ。体の汚れを落としてくれるだけでなく、心までリフレッシュさせてくれるような感じがする。

そんなリラックスタイムを満喫していると、不意に脱衣所の方から音が聞こえた気がした。

ん……？

誰か来たのだろうか？　いやでも、今は俺しかいないはずだし……と思っているうちに、ガラガラガラ！　と音を立てて扉が開く。

そこにはバスタオルを巻いた姿のリリアが立っていた。

彼女はそのまま扉を閉めると、俺の前まで来て言う。

「えと、フィーグさん、お話があるとおっしゃっていましたので」

え、確かに話があるから風呂入った後にリビングに来て欲しいと言ったのだが。おかしいな？

「あ、うん、今じゃなくても良かったのに」

「なんとなくですが、二人だけで話した方がいいと思って」

リリアはそう話している間にも体を洗っていた。会話が途切れると、そのまま黙って身を洗いすすぎ始めた。

そして、洗い終わると湯船に浸かる俺の隣に入ってくる。

「では、お話を……」

湯気で多少見えにくいものの、リリアの白い肌がすぐ横にある。

俺はできるだけ見ないようにしながら、核心に触れることにした。

「数日前、夜にさ、リリアが誰かと話すの聞いちゃったんだ」

「えっ……あっ」

リリアがハッとした表情になる。やはり思い当たる節があるようだ。

「あれはいったい誰なんだ？」

「……兄、です」

絞り出すように答えるリリア。だけど、

「リリアのお兄さんは亡くなったのでは……？　以前、奪われ取り返した水晶珠は兄の形見と言っていたはず」

「はい。兄は……既に命を落とし、キルスダンジョンに亡骸《なきがら》があります」

「⁇　どういうことだ？」

「それは……」

リリアはうつむきながら、俺の方を見ないまま話し始めた。

かつてエルフの里に住むエルフたちが、リリア以外全員が殺されたこと。

それをしでかしたのは、リリアの兄であること。

リリアの兄はスキル暴走により正気を失い、エルフの里に住んでいたリリア以外の全員を殺害、そして自らも命を絶ったこと。

しかし、兄の亡骸の中でスキルが暴走を続けていること。

そして……どういうわけか亡骸がキルスダンジョンにある祭壇に転送された……と。

これが、リリアが話した衝撃の事実である。

「そんなことがあったのか。なんてことだ」

確かに、リリアの住んでいた里が全滅した話は聞いていた。しかし、まさかその犯人がリリアの兄だったとは。

その事実に俺は目の前が真っ暗になるような衝撃を受ける。

でも、だとしたらどうして？

「話はわかったけど……でもそのことと、リリアが話していた相手が兄というのが繋がらないのだけど」

「はい、どうやら兄は自殺をする寸前に意識を水晶珠に移すことに成功したようです。自らの精神がスキルの暴走によって侵食される中、なんとか意識を退避させたいと、いろいろと準備を進めていました」

リリアによると、リリアの兄が持つスキルは二つ。【意思伝達《テレパス》】そして【拡散伝聞《ブロードキャスト》】。族長やリーダーになる上で便利なスキルなのだという。

「自ら命を絶ったことで、全てが終わると兄は考えていたようです。しかし、現実はそうではなく、亡骸がダンジョンに転送されたため、別の問題を引き起こしている……」

リリアが言っていることは全て本当なのだろうか？

そう敢えて疑ってみたとしても、リリアの言っていることは整合性が取れている。兄の亡骸がなぜキルスダンジョン、つまり学園の下部に転移したのか、わからないこともあるけど。

「本当……なのか？　だとしたら……解決する方法はあるのか？」

「あるとすると――ただ一つ」

そう言ったところで、リリアの瞳から大粒の涙がこぼれる。

しばらく沈黙した後、ゆっくりと、リリアはその答えを口にしたのだった。

「フィーグさんが、兄の亡骸に触れてスキルを修復することです。スキルの……【最強の整備士】である、フィーグさんなら、きっと――全てを終わらせることができると……思うのです」

そうか……。リリアの行動の全ては、その目的のためにあったわけだ。俺に近づき、最初のスキルを授け、キルスダンジョンに誘う。全て、俺に思い通りに動いてもらうために真実を隠して行動していたのだ。

それに強い罪悪感を抱いている様子で、リリアの瞳からこぼれる涙が止まらない。

話は終わった。とりあえず風呂から上がろうとするけど、ふらっと体が傾く。あれ？　と思うものの、俺はすうっと意識が遠くなっていくのを感じていた。

そして、闇の中に意識を落とし、やがて何も聞こえなくなった――。

第十八話

心を重ねて

リリアと風呂に入っていたはずだけど、今見えるのは自室の天井だ。

「あ、あれ？」

「あっ、フィーグさん、気付きましたか？」

声の方を見ると、リリアが心配そうな目でこちらを見ていた。

ああそうか、俺は風呂で気を失ったんだと思う。湯あたりを起こしたのかもしれない。少し頭がくらくらする。

「ごめん、疲れでも出たのかな？」

「いいえ、私が長話をしたから」

そういうリリアの肌はほんのりと上気しているだけだった。エルフはいろいろと人間より能力が高いけど、お湯にも強いのか？

俺が起き上がると……途端に世界がクラクラし始める。

「あっ、フィーグさん、もう少し安静にした方が良いかと」

リリアが俺の頭を優しく受け止め、再び寝させてくれた。俺はどうも全裸のようだ。

「ごめん。でも俺、誰が運んでくれたの？」

「皆さんを呼んで体を拭いてアルゲントゥさんが運んでくださって、その後は私一人で様子を見ていました」

そっか。なんだか迷惑をかけてしまったな。

「リリア、看病ありがとう。もう、部屋に帰ってゆっくりして大丈夫だよ」

「いいえ……。お邪魔でなければ、このまま一緒にいさせてください」

「それは構わないけど……」

それから少し他愛もない話をした。そして、会話が途切れる。

沈黙が部屋を支配する中、俺はすっかり回復していた。体の火照りも静まり、頭も正常に動き始めている。

俺は起き上がりリリアを見た。すると、おずおずとリリアが口を開く。おそらく俺に聞きたいことがあるのだろう。

「あの、フィーグさん」

「うん。言いたいことはわかるよリリア。大丈夫、お兄さんのスキル暴走は俺が止める」

「……っ！」

再び、リリアの瞳が潤んだ。きっと、この言葉をずっと待っていたのだろう。

もっと早く言ってくれればいいのに、とも思う。だけど、事態が事態だけに、なかなか言い出せなかったのだろう。

「だからさ、そのお兄さんがいるところまで俺を連れていって欲しい。実際、あと何層下ればいい？」

「あと二層です……第六階層に……兄の体がある祭壇があります」

リリアは震える声で答える。

もっと深いものと思ったけど、意外と近い。難易度次第だが、二、三日あれば到達できるのではないだろうか？

「わかった。もうすぐだね」

「はい……フィーグさん、本当にありがとうございます」

「ううん。そもそも改造のスキルをくれたのもリリアだ。出会ってからいろいろあったけど、君に会えたことで俺は追放された後、前向きに生きられるようになった。君に出会えて……君が俺を見つけてくれて良かった」

「そんな……フィーグさん……」

俺はリリアに手を差し出した。俺に抱きつきたいのに、必死に我慢しているようだったから。

「リリア、こっちにおいで」

「はい……」

リリアは素直に俺の手を取り、隣に来た。

どちらともなく横になり、俺の腕の中にリリアは体を寄せてきた。

互いの体温を感じながら心の内を伝える。ただ座って話すより、ずっと伝わるだろうと思って。

俺の目の前に、リリアの美しい顔がある。

「だからさ、リリアは気に病むことはない。俺は俺のために、お兄さんの暴走を止める」

「フィーグさん……」

リリアの表情は極めて晴れやかになっていた。最近目にしていた、陰がある表情とは違い可愛らしい笑顔をしている。

相変わらず瞳は潤んでいるけど、その涙の意味も変わっているのだと思う。

「リリア、ずっと言えなくて我慢していたのだな。でもまあ、無理もないか」

「はい……今はすごく、スッキリしています。夜も本当はフィーグさんの部屋に行きたかったのに……」

「ああ、そうだったんだ」

「……だから……その」

リリアが口ごもる。

「いや、何度も言っているけどさ、もう遠慮しなくて良いよ」

「じゃ、じゃあ……今夜はいっぱい甘えさせてください」

随分と明るくなった声で、リリアは言った。

「えっ」

「ダメですか？」

これを拒否するのはなかなかに難しい。いや、むしろ、俺はリリアをいつの間にか一番大切な女性だと感じていて、それをようやく自覚する。

意を決し、願いに応えるようにリリアを抱く腕に力を込めた。顔を近づけ唇を重ねる。まずは、触れるだけの――。

「んっ……」

少し甘いリリアの声が漏れた。顔を離すとリリアは俺を見つめて口を開く。

「フィーグさん……好きです。大好きです。初めて、こんな感情を抱いて……私……っ」

その瞳は相変わらず潤んでいて、その表情を見るととても切ない気持ちになる。

だけど同時に愛おしさも感じる。

そんな気持ちを込めてもう一度キスをする。今度は深く長く。お互いの存在を確かめ合うかのように……絡み合う。どれだけ続けても飽きず、何度も何度も繰り返す。

そうしながら、リリアに覆い被さるようにしてリリアの細い腰に手を伸ばす。服を脱がし、俺も裸になって抱き合う。

恥ずかしそうな表情を浮かべながらも、俺を受け入れるリリア。何も心配することがないと思っているような、そんな開放的な笑みさえ浮かべている。

静かに、ゆっくりと二人の時間が過ぎていく。

「リリアっ」

「フィーグさん！」

何度目かの衝動の波を越え、俺は彼女の内側に全てを解き放った。何度も何度もそれを繰り返す。

どれだけ抱き合っていたのかわからない。でも、お互いの気持ちを確かめるのに、戸惑いはなく、求め合う。

ひとしきり求め合った後は、ただ抱き合ったまま、他愛のない会話をした。

気付けば、リリアはすやすやと穏やかな寝息を立てていた。俺は彼女を抱き締めているうちに、次第にまどろみ、温かな体温に包まれながら眠りについたのだった。

◇◇◇

翌日。

俺たちは馬車の中で、ティアとアヤメに昨日リリアから聞いた話を説明した。

同時に、他言無用だと釘を刺す。

「なるほど……そういうことだったのですね。学園内で多発していたスキル暴走も、全てはリリア様のお兄さまがその発端だったと。あっ、別に責めているわけではなくて」

ティアは少し動揺しながら答えた。どうやらあまり深く考えず発言してしまったようだ。しかしすぐに取り繕うように言ったところを見るに、リリアのことを心配もしてくれているのだろう。

「でしたら、やはりフィーグ様とリリア様、そしてアヤメは探索は後回しにして、下層へ進むことを優先してもいいかも」

「いいのか？」

「はい。もしスキル暴走の原因が消えれば、もっと探索時間を増やすこともできるし、より効率的になると思います」

確かに。実際、今は暴走を心配し、冒険者たちに早めに戻るように働きかけているそうだ。

学園の生徒もスキル暴走に敏感になり安全マージンをとった活動をしている。

「わかった。じゃあ、探索よりも下の階層に向かうことを優先でいこう」

俺たちは作戦会議をした後、昨日と同じように学園地下ダンジョン、第四層へと向かった。

俺は、パーティメンバーである二人、リリアとアヤメに指示を出した。

「できるだけ魔物は避けて前進。アヤメはイフリートを召喚して周囲の警戒を頼む。リリアは前衛、そして次にアヤメ、俺はしんがりを担当する」

「うん、わかったお兄ちゃん！」

「はい、フィーグさん！」

パーティメンバーの二人、アヤメとリリアが元気に返事をした。

「さすがですわね」

ティアが俺たちを見て感心しているようだ。

「私の護衛は、フィーグさんのお知り合いにお願いすることにしました」

そう言ってティアは視線を近くにいた人物に向ける。そこには、見知った顔があった。なんとエリシスとフレッドさんがいたのだ。

「っていうか……どうして二人ともここに？」

「ああ、ティアちゃんから直々にギルドに依頼があってな。護衛任務だというから来てみたらこうなった」

フレッドさんはそう言ってニカッと笑顔を見せ、健康的な歯が光る。

次に、少し頬を膨らませたエリシスが答えた。

「フィーグ様……神殿の謀略で別パーティに……。同じく神殿から依頼があって来てみたら、こんなことに。私もフィーグ様と御一緒できれば良かったのに」

「まあ、そう言うな。エリシスがしっかりティアを守ってくれたら、俺たちも安心して下層に進める」

俺の方は、むしろ二人を見て安心していた。

この街では二人ともトップクラスのスキルの持ち主だ。フレッドさんは接近戦や格闘が得意で、エリシスは癒やしや防衛障壁といった防衛に特化したスキルが使える。

さらに、

『お久しぶりですね、フィーグ様』

そこには具現化した風の大精霊《シルフィード》がいた。半透明で美しい女性の姿で顕現している。その姿はまるで女神のようだ。薄いヴェールを纏《まと》い神秘的な趣きがある。

「久しぶりだな。じゃあ、ティアを頼む」

『はい、マスター――いえ、フィーグ様』

「うん。何かあったら、すぐ俺に知らせて欲しい」

『承知しました』

このパーティをどうにかできる存在がいるとは思えない。

魔王の存在は気になるが、もし出くわすなら先行する俺たちだろう。なぜなら、より深い場所を探索するためだ。リリアによると魔王は深い階層から上層に向けて移動しているという。

「じゃあ、行こうか」

俺たちは、目配せをしうなずいてから、第四層の奥へと足を進めた。

第四層の探索では、前日とほぼ同じような魔物と遭遇した。特に目新しいこともなく、かなりの広さを探索できたはずだ。明日には階層ボスがいる部屋が発見できるだろう。

あまりムリをしないためにも今日の探索を終え、帰路につく。

明日も探索があるので、ゆっくり休もうとしたのだが……。

閑話　ティアのお忍びデートと朝帰り

いつもと同じように俺たちは食事をとり、風呂に入った。

今日は無理せずに戻ってきたので、まだ寝るには早すぎる時間だ。

俺は一人自室に戻るが、まだ夜は更けておらずさてどうしたものかと考えていると、コツコツと窓の板を外から叩くような音が聞こえた。

「ん？」

俺の部屋は二階にある。誰かが昇ってくるにしても難しい高さだと思うんだが……？　そう思って窓に近づき慎重に窓を開けると、

「シルフィード？」

『フィーグ様。こんばんは』

そこにはヴェールを纏った美しい女性、風の大精霊であるシルフィードの姿があった。

半透明のシルフィードは外の闇に紛れ、目ではほとんど視認できない。

「どうしたんだ？　こんな時間に。ティアに何かあったのか？」

「いえ、私はティア様にお連れするように言われました」

「うん？　何か話でもあるのか？」

『はい、そのようで……フィーグ様、これからお時間はありますか？』

まあ、ハッキリ言ってしまえば珍しく時間を持て余していたところだ。

「大丈夫、時間はあるよ。どこに行けば良い？」

『ありがとうございます。風魔法でお連れします。それでは――風翼《ウインドウイング》！』

その言葉と共に、俺の体が浮き上がる。浮遊感は一瞬のことですぐに安定する。

「わっ、なんだこれ!?」

『では行きましょうか』

そう言うとシルフィードは俺の手を握り引っ張るようにして窓の外に飛び出した。

「うわっ！」

突然引っ張られてバランスを崩しそうになる俺だったが、次の瞬間ふわりと体が浮いたかと思うと一気に加速して空へと舞い上がった。

キラナのスキル、飛翔に近い感覚だが特に何も考えなくても浮くのがいい。

『さすがフィーグ様、あっという間に使いこなしていますね』

「そうか？　だけどこれはいいな。このスキルがあれば、空を飛ぶ魔物とも戦えそうだ」

『ああ、いえ……それは残念ながら難しいでしょう。このスキルは私が意識してフィーグ様を浮かせて移動させています。フィーグ様の意思で移動できるわけじゃないのですよ』

「そうか。で、どこに行くんだ？　ティアが滞在する館か？」

ティアは王族だ。近衛騎士団による護衛がしっかりと行われた建物に滞在している。

とはいえ、このシルフィードの術があれば、好きなところに抜け出せそうでもある。

俺の問いにシルフィードは微笑んだだけで、何も言わず俺を街の大通り近くの路地裏に下ろした。

ま、まさか……ここにティアがいるっていうのか？

『つきました』

「ありがとう。って、やっぱり!?」

「フィーグ様、お待ちしていました！」

そこに立っていたのはやはりティアだった。ただしいつもの魔法学園の制服姿だ。

ティアは俺の手を取ると路地の奥に引っ張っていく。

「ちょ、ちょっと待ってくれ！　なんでこんなところにいるんだ？　っていうか護衛は!?」

俺の言葉にティアは少し頬を膨らませるようにして反論してきた。

「大丈夫ですっ！　もうあの部屋にいるのはウンザリですっ!!　こうしてフィーグさんと街で遊べるなんて、夢のようです！」

おいおい、と言う間もなく俺はティアに連れられて大通りに出る。

ここは、夜でも屋台や酒場などが開いており人通りが多い場所だ。まだ夜というには早い時間で、俺たちくらいの年齢の人間も多いし、子供の姿もある。この辺りは比較的治安もいい。とはいえ、

「うーん、もしティアの身に何かあったらと思うと心配になるなあ」

「まあ、心配性ですわね。護衛はいませんけど――」

そう言ってティアは空を見上げる。

「私の大切なお友達の一人、シルフィードが見守ってくれますわ。それに、フィーグ様も守ってくれ

るのでしょう？」

まあ、それはやぶさかではないが。

「そりゃそうだけど、俺じゃなくてもアヤメと遊べばいいんじゃないのか？」

「アヤメとは、何度か既に遊んでいるので。では、まずはどこ行きますかっ⁉　あ、あそこに行ってみたいです‼」

元気よくそう言うティアに手を引かれながら俺は街を散策することになったのだった。

◇◇◇

「はぁーっ、楽しかったですわー！」

満足そうな笑みを浮かべて歩くティアの横で、俺も同じように笑顔になっていた。

いやはや、本当に楽しいひと時だったなと思う。

まず最初に行ったのが服屋だ。この店にはアヤメとも来たことがあるらしいが、男の意見も聞きたいとのことで、可愛らしい服をたくさん試着してもらい、俺が褒めちぎるという展開になった。

もっとも、実際に王族の気品と可愛らしさを持ち合わせているティアはさすがで、どの服も着こなしていたと思う。

「うん、これも可愛いな」

「もう、そればっかりですの」

言いながらも、ティアはご機嫌だった。

なお、出会ったときに着ていたどこぞの祈祷師のような衣装もあり、露出の高い服を恥ずかしげに見せてくれた。似たような露出なのに、初めて会ったときは全く恥ずかしそうにしていなかったと思うが、不思議なものだ。

その後、今度は俺がいろいろと着させられることになるとは思わなかった。

店を出て二人で通りを歩いていると、その途中で、

「まあ、これはいいですわね」

ティアが目を輝かせて見つめたのは、露天商が売っているアクセサリだ。地面に布を敷いてその上に、様々なアクセサリーが売られている。

二人で、あれこれとアクセサリーを見繕った。どれか一つ選んで欲しいというので、ティアに似合いそうなブレスレットをお揃いで買う。

「こういう価格帯のものでもいいのか？」

王族が身につけるアクセサリーに比べると一目で安物とわかるような代物だ。もっと高級なものを売っている店はあるものの、この時間には既に閉店している。

「そうですわ。今、フィーグ様と一緒に、ペアで買うことに価値があるのです。値段なんて、どうでもいいのです」

そんなことを言って笑うティア。

結局、二人であちこち歩き回った後、最後に訪れたのは小さな飲食店だった。

とはいえ、ガヤガヤとしたところではなく、お洒落でありながらも落ち着いた雰囲気のある店だ。客層も恋人同士がデートするような、落ち着いている感じがあった。

店内に入ると給仕の女性が出てきて案内してくれたのだが、個室だったので少し驚いた。どうやらティアが予約をしていたらしい。

注文を終えると、ティアは楽しかったと感嘆の声を上げた。

「今日はとても素晴らしい一日でしたわ……」

だが最後の方は少しだけ、声のトーンが下がっている。

「どうした？　疲れたか？」

「いいえ。私は今年で学園生活も終わりなのです」

「そうか……。寂しくなるな。でも、今、ティアがいてくれて良かった。とても感謝しているよ」

俺が言うとティアは顔を上げる。その瞳を見つめながら、俺は続けた。

「アヤメの不調を見抜いて、そして一緒にいてくれて。俺の目の届かないところをケアしてくれた。それに、毎日送迎してもらって実に楽だったし、魔法学園の先生たちとの連絡もしてくれて」

「ああ、そんなこと、大したことではありませんわ」

「ふふっ。ティアは、きっと良い王政をしそうだな。今言ったのは全部、お金でなんとかできない、優しさや相手のことを思いやる気持ちがないとうまくいかないことだ。それを難なくこなしたティアはすごいと思う」

俺がそう言うと、じわっとティアの瞳が潤む。

「嬉しいですわ。そんな風に言われたのは初めてかもしれません。さすが、アヤメのお兄さん、フィーグ様ですわ」

「いやいや、俺は全然大したことないよ。でも、どうしてティアはこんなに良くしてくれるんだ？」

「ふふっ。それは――」

ティアは口元を緩めながら、楽しそうに語った。

この街に来て魔法学園に通い始めた頃、ティアはクラスになじめなかったらしい。

それまでずっと王族やその関係者のみの環境にいたのに、突然貴族の子女や庶民がいる環境に放り込まれたのだ。貴族も庶民も、王族から見れば異質なものでうまい付き合い方ができなかったらしい。

そんなとき、アヤメが声をかけてくれて仲良くなった。そこから、友達の輪が広がったのだという。

その上、

「フィーグ様には、危ないところを助けていただいただけではなく、シルフィードという大切なお友達も授けてくださったのです」

これは俺たちが初めて出会ったときの話をしているのだろう。もっとも、シルフィードはティアが召喚したもので俺が介在したわけではないのだが……。

「あのときも言ったけど、元々ティアの力だった。俺は背中を押しただけだ」

「まあ、フィーグ様。変わりませんね」

再びくすり、と笑うティア。

「もっと、お礼ができれば良いんだけど……いつでも力になるから、卒業しても連絡貰えると嬉しいな」

俺がそう言うと、もちろんですと言いながらも、ティアは僅かに肩を落とした。

「王宮に戻ると、あの面倒な公務が待っているのですねぇ」

来年からは王女としての仕事が始まる。それは、まだ幼く見えるティアにとってとても重いもののように感じた。

「そうだろうな」

「ですから今日くらいは羽目を外しても良いかなと思ったのですが……。ダメですね、私ったらついはしゃぎすぎてしまって……」

しょんぼりした様子で言うティアに俺は笑いかけた。

「いいんじゃないか？　たまにはさ」

俺の言葉に、しかしティアは首を振る。そして俺に顔を寄せると小さな声で囁《ささや》いた。

「ですが、今日のことは内緒ですよ。言ったら処刑ですわ」

「えっ？」

もちろん冗談だと思うのだけど。悪戯っぽく微笑むティアの顔は、今まで見たどんな表情よりも魅力的に見えた。

今のティアの顔に曇りはなく、してやったりという顔をしている。

さすが王族と言うべきか。俺はすっかり、乗せられていたのかもしれない。かと思えば……。

「あの、フィーグ様……」

「うん？　どうした？」

ティアはモジモジとしながら、俺を上目づかいで見つめてくる。

さっきからコロコロと表情が変わっている。心なしか、瞳がとろんとしていて。

「男性と女性はこのお店で親密になった後、併設されている宿屋で一緒に泊まるという話を聞いたことがあります。その、もし良かったらこのまま――」

確かにこのお店の奥は宿泊施設になっている。

ここもそうだが、宿泊施設も重厚な作りの建物で高級宿と言っても差し支えがない。

おそらく、お酒も入り親密になった恋人同士の二人は、そのまま泊まりさらに愛を深める――のだろう。

ティアは興味本位で聞いてきている。でも、アヤメもそうだがティアにとっても、そういうのは早いんじゃないのか？　そもそも、ティアは王族だ。俺みたいな庶民がティアと関係を持ったことを王族に知られたら、冗談ではなく処刑されるだろう。

「……いや、それは……」

隣に座っていたティアが、体をくっつけてくる。

うら若いとはいえ、女性特有の柔らかさと温もりが伝わってくる。

「ダメですか？　私は……フィーグ様と一緒にお泊まりを……」

上目づかいのまま顔を近づけるティアの表情は艶《なま》めかしいものがあって。俺は陥落することになった。

そして、一緒に朝を迎えるのだが。

「あ、フィーグ様……おはようございます」

隣で寝ていたティアが起きる。

「ああ、おはよう」

「一緒にお泊まりできましたね！」

妙にご満悦のティア。しかし、彼女は食事に僅かに入っていたお酒で酔ってしまい早々に眠ってしまったのだ。

シルフィードとも相談したのだけど、眠った状態で宙に浮かぶのは危険とのことで、一晩待つことになった。

なので、俺とティアは何もない。でもこの様子だと、男女があの高級宿で何をするのかはまだ知らないようだ。

もっとも、二人で泊まったのだと王族関係者に知られたら、あらぬ誤解をされそうではある。

ということで。

ティアが機嫌を悪くすることもなく、俺たちはいそいそとシルフィードの力を借りて、それぞれ帰宅するのだった。

第十九話　魔王の影

第四階層探索二日目の朝。

昨日探索した道のりをたどり、その少し先に……。

「あった！」

俺たちは下り階段を第四階層の奥地で発見した。他の脇道に逸れずに歩けば意外と短い道のりで歩くことができる。

ここが、迷宮ではなく森という自然に近い状態であるから、ショートカットができるところが多く最奥に早めに到達できる。本来は階層ボスが待ち受けている大部屋があるはずだが、ここは森林内の広場という形を取っていた。

だけど、これといった殺気があるわけでも、何か強大な力を持つ者の気配を感じることはない。

慎重に広場の中心まで歩き、そして見つける。

ここにいる者の気配を感じない理由を。


「これは……」

そこには、無数の赤い魔物の死体があった。

「レッサー……ドラゴン？」

そこにはレッサードラゴンの死体が大量に転がっていたのだ。しかも傷口が見えず、まるで命だけを刈り取られたような、そんな死に方をしている。

これらはドラゴンの劣等種だ。二足歩行をするリザードマンの上位種でもある。赤い鱗から想像すると、レッドドラゴンの眷属なのだろう。

翼はなく手足があり尻尾もあるトカゲ型の魔物。ブレスのような特殊能力もなく、翼もないため飛ぶこともできない。その上知能も低いのだけど、強靭な肉体や鋭い爪や牙を持つ。

劣等種というのは、世界最強の種族であるドラゴンと比較しているだけだ。本来なら相当な強敵と言えるだろう。

そんな強力なモンスターたちを傷一つ与えず死に到らせている。いったい誰がこんなことをしたのか……？

俺は倒れている一体に近づき手を触れた。

近づくと、まるで生きているようにも見える。しかし、開ききった瞳孔は既に何も映していない。

俺は調べるために、【診断】スキルを起動する。

「診断……成功か」

『名前：なし
職種スキル：なし
身体スキル：なし　一切のスキルが存在しません』

なんだこれは？　生死を判別するはずの身体スキルすら存在しない。

こんな状態は初めて見た。レイスなどスキルドレインを使う魔物はいるが、それだって奪えるのは職種スキルだ。

身体スキルは肉体や精神の状態を示すものだと俺は考えている。そしてその生死の状況まで失っている。

もし、それを【魔改造】して、【不死】にしたらどうなるのか？　アンデッドになるのか？

もちろん、今の俺にはそんなことはできないが、そんなものすら奪うとは……何者だ？

考えていても仕方ない。俺たちは広場の奥に向けて歩き出す。おそらくこいつら全員が階層ボスであり、下に続く階段を守っていたのだろう。

拍子抜けだけど、今は下層に急いで向かいたいのでありがたく下らせてもらうことにする。


「じゃあ、第五階層に行こう。魔物の強さが一段階アップすると思う。慎重に向かおう」

「うんお兄ちゃん！」

「はい、フィーグさん！」

二人はまだまだ元気だ。一気に向かおう、そう思ったとき……。

『フィーグ様っ！！！　フィーグ様！』

上空から俺を呼ぶ声が聞こえた。

見ると、シルフィードの姿が見える。少し様子がおかしい。

「どうしたんだ？　シルフィード、ティアに何かあったのか？」

もしティアが命を落とすようなことがあれば、契約によって顕現を許されているシルフィードがここにいるはずがない。

『それがティア様が……魔王に連れ去られてしまって……！』

「えっ魔王？　もうこの階層にまで上がっていたというのか？」

俺の背筋につうと汗が流れた気がした。いや、実際に流れているだろう。冷や汗というやつか。

ここに転がっている大量のレッサードラゴンを倒したのも、その魔王なのだろう。

『ええ、そうです！』

シルフィードが答える。

『こちらに来ていないのですね。私は上空からどこにいるのか捜します』

そう言って、シルフィードは風を操り去っていった。なんてこった。とにかく、ティアが攫われたという場所に向かおう、そう思ったとき。

【あらあらあ。これは賑やかなことですわぁ】

頭の中に不意に響く言葉があった。これは……？

気付くと、シルフィードがやってきた方向から急接近してくる影が見えた。

「あれは……サキュバス？　いや、違う？」

次第に近づいてくるにつれ、姿形がハッキリとしてくる。

黒い羽に妖艶な女性の衣服、そして禍々《まがまが》しい気配。一見すると悪魔、特に男を惑わすというサキュバスにも見える。

勇者パーティ所属時に一度だけ見たことがある。

だけど、俺の知るサキュバスとは異質なものにも感じる。もっと、純粋に敵というか、なんだかわからないが決してわかり合えない存在のようなもの。

そいつは何か小脇に抱えている。

「えっ……ティア？」

目を凝らすと腕にティアを抱えているのが見えた。シルフィードの話が本当なら、コイツは……魔王!?　ティアは動かないが、死んでいるようには見えない。外傷も見当たらない。

「リリア、アイツは魔王なのか？」

「はい……兄の日記に書いてありました。その容貌がそっくりですし、この禍々しい気配は間違いないと思います」

その言葉を聞き、俺は思わず魔王に向けて怒鳴った。

「おい、ティアを離せ！」

魔王はあっさり無視する。

「ダメ！　ティアの代わりに私を……！」

今度はアヤメが声を上げた。すると、俺のときと違い魔王はアヤメの方を見る。

【ほう……女……なかなかに面白いスキルだな。しかも生娘か。それに……ふむ……王家の血を引い

ているのか？】

……アヤメが王家の血を？　何を言っているんだ？

【おやおや、こっちの男もなのか？　兄妹で……これはうまそうだ。先ほどは無視して悪かった。だが、まずは――】

魔王は、腕に抱いていたティアの首に口を近づけ、舌で舐め上げる。その瞬間……。

「んん……ッ!?」

声にならない悲鳴を上げるティア。

「なっ何をしている？」

【ほう、やはり王族の直系は汗すら美味だのう……】

そう言って舌なめずりをする魔王。その姿には余裕が感じられるし、まるで俺たちを意に介していないようだ。

くそっ、どうすればいい？

このまま見過ごすわけにはいかない。しかし魔王は上空に浮いているため俺たちには攻撃手段がない。

今できるのは……。

「おい、ティアをどうするつもりだ？　何か危害を加えるというのなら許さない」

【いやいや、そんな野蛮なことはしないさ。ただ、私の力になって欲しくってね】

「まさか、スキルを吸うというのか？　レッサードラゴンから静止状態すら奪ったのはお前だろ？」

【ふむ。その事実を調べたのだな。まあ、さすがと言っておこう。だが、そんな野暮なことはせんよ。こんなに可愛らしく高潔な血だ。じっくりと楽しまなければ】

魔王の端正な顔が妖艶に歪む。

「お前……ティアに何かしたら許さんぞ？」

【まあ、そんなに怒るな。お前にも興味があるから、第五層の最奥まで来い。そこの妹も連れてな】

「なんだと？」

【お前の話なら聞いてやってもいい。あまり待たせると、この女、ティアというのか？　どうなるかわからんぞ】

時間を稼いでいるのだが、俺は焦り始めていた。誰でもいい。誰かこの状況を打破するきっかけさえなんとかなれば……。俺がどう対応するかと考え始めると同時に、突風が魔王を襲った。その発生源を見るとシルフィードが魔王を追うようにやってきていた。

そのまま体当たりするように突っ込み風を巻き起こしながら上昇するが、魔王は意に介さない。

突然シルフィードに接近し、空いていた手で触れる。

【風の大精霊を召喚していたのか。迂闊だったな】

苦々しくティアを睨む魔王。

『くっ！　……召喚主ティア様……』

突然シルフィードの体が揺れたと思ったらすぐに落下を始めた。俺はその下に向かって駆け出す。

幸いシルフィードの落下速度はそれほど速くなく、地面に激突する寸前でキャッチできた。

シルフィードの体はとても軽い。

「大丈夫か？」

『……はい、ありがとうございます』

どうやら無事のようだ。しかし、かなり弱っているように見える。シルフィードは魔王の方向をキッと睨みつける。

『……召喚主様……ティア様が――』

俺はシルフィードを抱きかかえたまま周囲を見渡すと、ティアを抱いたままの魔王は翼をはためかせ、ダンジョンを下る階段の方向に消えていったのだった。

第二十話　姫の救出作戦

ティアが連れ去られた後の冒険者ギルドの動きは迅速だった。

一瞬にして連れ去られたとはいえ、一緒に行動していたフレッドさんは歯を噛みしめながらも次の一手のために行動を始めていた。

この時点でダンジョン内を探索していたギルドグループは三〇組ほど。そのうち、第四階層を探索していた半分の一五組ほどが第五階層に進むことになった。

「では、これより魔王討伐隊により、第五層の探索を行う。フィーグとアヤメ、シルフィード、そしてリリアのパーティを最奥に向かわせるのを最優先とする。ただし、魔王を発見し攻撃できる場合はそれを許す。もし倒すことができれば、大金貨四枚の報奨をギルドから支払うものとする！」

「おお――――！」

第四階層の終点にある、レッサードラゴンが死んでいた広場で歓声が上がる。

この時点で、既にレッサードラゴンの死体は灰と化していた。さすがに第四階層を探索する冒険者は実力も高く、魔法や精霊の力を借りて燃やしたのだ。

「じゃあ、順番に並んでください」

「私が一番かな？　フィーグさん、よろしくお願いしますね」

俺はイアーグの街が誇る冒険者たち全員のスキル整備を行うことにした。彼らの中には顔見知りも何人かいる。

一つ深い階層に潜るわけだし、せめて大けがや命を落とすことがないように万全の態勢で臨んで欲しいと思ったからだ。

最初の冒険者は女性の魔術師だ。俺より五歳くらい歳上のお姉さん。俺の家の近所に住んでいて、呪術師のお婆さんがやっている占いの手伝いをしつつ冒険者もやっている。スタイルが良く魔術師の格好をすると妖艶な雰囲気と相まって、魔法がかかったように惚れてしまう男も多いのだとか。

「久しぶりで、ちょっと照れちゃうね」

そう言って、手をちょこんと差し出すお姉さん。俺はそれを握り、スキル整備を行う。

「んっ……ああっ！　……あ、ありがとう」

まずは一人。俺は次の冒険者に声をかけた。今度は今まで会ったことのない小太りの男性だ。俺と同じか少し上か？　大きな盾を持ち歩いているところを見ると前衛の盾役といったところか。

「じゃあ、手を出して――」

「フン、フィーグだあ？　スキル整備？　本当なのか？」

俺を知らないようだ。最近街に来た人なんだろうか？　疑いの目で俺を見ているようだけど、もちろん他の人と同じように整備を行う。すると……。

「すげえ……僕のスキルが強化されてる……僕の知っているスキルじゃない」

目をパチパチさせ、自らのスキルを試している。

「どうですか？　大丈夫そうですか？」

俺が恐る恐る聞くと、

「あ、ああ……フィーグ、いや、フィーグ様……先ほどは失礼な態度を取ってしまって……ごめんなさい！」

その体型から信じられないほどのスピードで地面に突っ伏している盾役。

「あ、いや、うまくいったのなら良かった」

「いえいえいえいえ！　ほんと過去の自分を殴りたい気分です！　またお願いします」

ぺこぺこと頭を下げながら、盾役の男性は去っていく。

――そんなこんなで一五組、だいたい四〇名ほどのスキル整備を行った。若干疲れたけど、そんなことも言っていられない。

作戦開始は一〇分後。フレッドさんが俺に話しかけてくる。

「フィーグ……魔王は本当に第五層の最奥にいるだろうか？」

「うん。魔王は絶対の自信を持っているみたいだ。変な小細工はしないだろう。おそらく、ティアもまだ無事だ」

俺はシルフィードの方を見る。彼女……というべきか、風の大精霊《シルフィード》は健在だ。

なお、落下してきたシルフィードを抱き留めたとき、そのスキルは全て暴走させられていた。

アイツがスキル暴走を促す存在の一つであることは間違いないだろう。存在も消滅しかけていたのだが、俺がスキル修復で暴走を抑えたのだ。

シルフィードが健在ということは、ティアはまだ生きておりおそらく精霊召喚術のスキルも暴走や消失はしていない。

「そうか。俺の汚名を返上するためにも、早く助けないとな。ティア殿下には世話になっている」

「ギルドへの支援、か」

ティアは王国経由ではあるが、この街にかなりの寄付をしていたようだ。一つは魔法学園、そして冒険者ギルド。

以前フレッドさんと冒険者ギルドの職員をしていたときは知る由もなかったのだが……。

「ああ、そうだ。だから絶対に助けるぞ！」

フレッドさんは気合い十分だ。そして、ティアと一緒にいたエリシスは珍しくしゅんとしている。

猪突猛進が取り柄のエリシスのそんな様子は滅多に見ない。

「エリシス」

俺が声をかけると、エリシスは持っていた武器——釘バットを手に持ったままこっちを見た。

「申し訳ありません。フィーグ様のご依頼をせっかく達成しようと意気込んでいましたのに、ティア様をお守りできずに……かくなる上はっ……！」

そう言って、手持ちの釘バットで喉を突こうとするのを必死に止める。

「ちょっ。想定外の敵だったわけで、仕方ないことだ。これからティアを取り戻しに行く。エリシスの力が必要だ」

「はい……フィーグ様がそうおっしゃるなら……」

なんとか思いとどまってくれたようだ。ふう、危ないところだった。

「エリシスには、行動開始と共に、例のスキル【鬨《トキ》】を使って、全員を鼓舞して欲しい」

【鬨《トキ》】とは、全ての能力を引き上げるバフの効果がある。これも俺がかつて魔改造によってエリシスに付与したものだ。

気分が高揚し若干の躁状態になるが、我を失うことはない。スピードが要求されるこの事態に適したスキルと言えるだろう。

そんなやり取りをしていると、出発の五分前という合図が聞こえてきた。俺たちは最後列に並ぶことになる。

一五組ほどの冒険者パーティが並んでいる。さすがに選抜されただけあって、面構えが違っている。

「フレッドさん、しかし、急な話なのに結構協力的なんですね、冒険者パーティって」

「ああ。依頼を快く引き受けてくれた。なんとか、今日中にティア様を救いたい」

実は、俺たちが急ぐのには理由があった。

ティアには近衛兵がついている。彼らはいつも、学園外の入り口付近で馬車と共にティアを待っているのだ。

主《あるじ》が攫われたなどと知れば、魔王が言ったことなど関係なしに突撃をするだろう。彼らはある程度強いはずだが、それでもあの魔王相手では荷が重いに違いない。

いや、それどころか下手をすれば全滅してしまうかもしれない。それだけは絶対に避けなければならない事態なのだ。

もし、そうなれば今度は王国軍が出張ってくるが、果たしてどれほどの被害が出るのか見当も付かない。

それに、不測の事態も予想される。

魔王は俺とアヤメに来いと言った。それ以外の者が押し寄せると、どのような行動を取るのかも予想できない。

ピ――――ッ!!

笛が吹かれ、出撃の時間になったことを知らされる。俺たちは予定通り冒険者パーティたちの最後尾に着く。

目の前にいる一五組の冒険者パーティの背中がとても頼もしく見えた。

筋肉隆々の格闘家や剣士、オーラを放つ魔法使いや強力な精霊を伴う召喚術士に……様々な職種の冒険者がパーティを組み並んでいる。

その上、ダメ押しも行う。

「じゃあ、エリシス、よろしく」

「はい。スキル【聖女：鬨《トキ》】起動！　うららあぁ！　フィーグ様の敵は滅びなさいッ！」

エリシスのよく通る声が、広場にこだました。

すると、

「ウオオオオオオオオオオ！！！！」

空気が唸るような声が響く。

そして……ドドドドドドドという地響きと共に、冒険者たちが駆け出した。

「じゃあ、俺たちも行くか」

「「はい！」」

俺たちは強い足取りで、ダンジョン五層へ向かった。タイムリミットは今日の夕方五時。あと六〜七時間といったところか。

第二十一話　アヤメの成長

突入から一時間後。

俺たちは順調に第五層の最奥に向けて歩いていた。

第五層は第四層と同じように自然に近い階層になっている。岩肌が露出した洞窟のような場所だ。

途中魔物にも遭遇したが、強力な個体はいなかったので問題なく倒せている。

また、この階層を攻略しているのは俺たちだけではない。

「フィーグさん、こちらは行き止まりですッ!!」

「こっちも最終的にはあそこに見える通路と繋がって戻ることになる。正解ルートじゃない！」

などと、探索を先行している一五組のパーティが教えてくれるのだ。彼らも魔物を倒すので、その結果遭遇する魔物が間引かれ少なくなっていた。

この階層に出現する魔物は、ジャイアントゴーレム、トロールロードなどの巨人族や、レッサーデーモンのような悪魔系も出現する。魔王が近いからなのか、元々いたのかがわからないが。


俺とリリアとアヤメの三人パーティで進む。

順調に進む俺たちの前に、二体の魔物が現れる。オーガロードだ。

以前、キルスダンジョン一～二階で遭遇したオーガの上位種。強力になったとはいえ、こいつらの本質は変わらない。

「グヘヘ……エルフ……人間もいるじゃないか。男は殺して女はいただくぞ」

リリアやアヤメを繁殖の相手だと認識したようだ。涎《よだれ》を垂らしながら舌なめずりをする姿は醜悪そのものだが、これが普通の反応なのだろう。女性を狙うというのは習性として残っているのかもしれないが、それをわざわざ口に出す必要はないはずだ。つまりは自分たちより弱いと認識している。

しかし、こいつらにとっては残念なことにここにいる女性は普通ではない。

俺は短剣を投げつつ声をかける。

「二人とも準備はいいか？」

「……はい、大丈夫ですっ」

「お兄ちゃん、問題ないの！」

『了解です、マスター』

リリア、アヤメ、そしてシルフィードがうなずくのを見て、俺もうなずき返す。すると神速のリリアが先行して一体に刺突を試みる。同時にシルフィードも風刃を放つ。

狙い違《たが》わずリリアの攻撃が命中する。皮膚を切り裂いたが致命傷にはならない。だが、痛みはあるようで怒り狂い雄叫《おたけ》びを上げる。そしてもう一匹の方が俺に向かってきた。

速い……！　巨体からは想像できない速度で振り下ろされる拳を避《よ》けると、地面が大きく陥没する。

まともに食らうわけにはいかないなこれは。

俺の放った短剣は、その一体の傍を通り過ぎた。

「どこを狙っている?」

俺を狙ってきた一体に、リリアが標的を変える。その刹那、俺が放った短剣がエンチャント《回答者》《アンサラー》を発動して後頭部に突き刺さった。

「グアっ!!」

ヘッドショットとはいえ、短剣の威力では意識を失わないオーガロード。しかし、体勢を崩したためリリアは容易にその首を切り離した。

残るはもう一体。

仲間がやられたことで激昂したのか、俺がリーダーだと認識したのか、オーガロードが憤怒の表情でこっちに突進してくる。

凄まじい勢いだ! まるで巨大な壁が迫ってくるような迫力がある。

俺の背後から、アヤメの声が聞こえる。

「お兄ちゃん!! 下がって! 火炎の大精霊《イフリート》、火炎魔法で攻撃!」

いつの間にか俺の前に赤く燃え上がる肢体が現れる。

『お任せください』

イフリートの声は低い男性の声に聞こえる。しかし、人間のものではない。

『炎獄《バーニングフレイム》!』

その言葉と同時に炎が吹き上がる。それは一瞬にして広がり、迫りくるオーガロードを包むように広がった。

こちらにも熱風の余波がやってきて、それがいかに強烈か思い知る。

ゴオオオッという音と共に、一瞬で炭化していくオーガロードの体。そして灰となった体が崩れていく。

アヤメ、こんな強烈なスキルを火炎の大精霊《イフリート》に使わせるって。

「いつの間にこんなに強くなったんだ？」

「お兄ちゃんのおかげなの。でも、もっと強くなるの」

妹ながら頼もしい限りだ。少し前の、やや暗い表情だったアヤメからはとても想像できない。

アヤメが微笑み、俺も思わず口元がゆるむ。

すると、シルフィードが俺に近づいてきた。

『大丈夫ですか、マス――いいえ、フィーグ様』

シルフィードは俺の怪我の有無を確認しているようだ。俺はシルフィードの頭をポンポンっと軽く叩くようにして撫でる。

「ああ、大丈夫だ。ありがとうな」

俺の言葉に嬉しそうな顔をするシルフィードだったが、すぐに表情を引き締める。

『申し訳ありません、フィーグ様。お力になれず』

確かにシルフィードは風刃を使いオーガロードに向けて放った。しかし、先ほどのイフリートのような強烈さはない。

「いや、気にするな。ティアが心配なのだろう。それに、力はいざというときのために残しておいた

方がいい」

「はい……」

『そうだ。我が輩の方が役に立つぞ。なあ、アヤメ殿、フィーグ殿』

「うん、すごかったの！」

『何、我はアヤメ殿のおかげで力を出せたのだよ』

嬉しそうに笑う火炎の大精霊《イフリート》につられるようにして、アヤメも笑顔になるのだった。

その場を和ませてくれる火炎の大精霊《イフリート》。アヤメは良い精霊を引き当てたものだ。

シルフィードも僅かに微笑むのを見て、俺は言った。

「さあ、おそらくあともう一息だ。最後まで気を抜かずに行こう」

「「「「はい！」」」」

その場にいた全員がうなずく。


ついにボス部屋と思わしき部屋の前までやってきた。周囲に、魔物や他の冒険者の気配は感じられない。

俺たちは顔を見合わせてうなずくと扉を開いた。

全員が中に入った瞬間だった。突然扉が閉まり、しまったと思ったときには遅かった。完全に閉じ込められた形になってしまったのだ。

【ふむ。やってきたようだな。まあ邪魔な精霊がいるがヨシとしよう】

妖艶な女性の姿をした魔王はそう言って、俺たちの方に迫る。

「ティアはどこにやった？」

俺がそう聞くと、

【そこだよ、心配するな。殺しはしない。飽きたら返してやろうと思っていた】

見ると、魔王の後ろの壁に鎖で繋がれている人影が見える。あれは間違いなくティアだ。気を失っているらしくぐったりしているように見える。外傷はなさそうだが、肌着のみにされている。両手両足は、それぞれ壁から出ている枷《かせ》のようなものに固定されていた。そしてその体はほんのり上気し汗ばんでいるように見えた。

しかし、
肌に傷があるわけでもなく乱暴に扱われた様子は見られなかった。

「う、うう……はぁ……」

うめき声を上げながらティアが目を開け、口を開いた。

「フィ、フィーグ様……」

顔を上げたティアの口元が緩む。しかし、目の焦点が定まっていない。

「ティア、大丈夫か？」

「………フィーグ様……来てくれたんですね……はぁっ……はぁっ」

そのままがっくりと、頭をたれてしまうティア。気絶してしまったのか？

いや違う。よく見ると頬が紅潮していて、呼吸も荒い気がする。

まさか……媚薬でも飲まされたのか？　ティアはまだアヤメと同じ年頃だ。体もまだ成長途中であり、そんな体に――。

そんな考えが頭に浮かんだ。

「貴様……！」

思わず飛び出そうとする俺をリリアが止める。

「待ってください、フィーグさん。一人で戦ってはいけません。なんとか隙を窺いましょう」

そう言って剣を構えるリリア。それに倣って他のみんなも気合いを入れる。

そんな俺たちを見て、面白そうに笑みを浮かべる魔王。

【ほう……少しはやるみたいだな。まあ焦るな、この女は無事だ。もう少しというところで、お前たちがやってきたのだ】

「だからなんだ？　ティアに何をした？」

【この女は惚れている男がいるらしくてな。面白そうだと思いワレが誘惑のレッスンをしてやろうと思ったのだ。感謝すべきだろう？】

「それをティアは望んだのか？」

【いや？　だが、どうも人間というのはもどかしいものらしい。恋心とか、愛情とか。そんなものが何になる？　欲望のまま生きればいいではないか】

その言葉に俺はカッとなる。そして無意識のうちに踏み出して、短剣を投げつける。

【これはこれは。ご挨拶だな】

第二十二話　魔王

魔王はなんでもなさそうに避ける。一旦は通り過ぎるが、折り返して再び魔王に方向を変える短剣。それは確実に命中し——魔王の背中に突き刺さる。

「よし……！」

これで多少なりともダメージを与えたのだと思ったのだが。

【ふーん。こんな面白いおもちゃも持っているんだね】

魔王はその突き刺さった短剣を引き抜くと投げ捨てた。

「……え……？」

一瞬何が起こったのかわからなかった。それほどまでに呆気なかったからだ。魔力を帯びているものだし、ダメージが通らないはずがないのだが。

俺の様子を見てリリアが接近しようとする兆しを見せる。しかし、

「リリア、待て。様子がおかしい。接近するのは危険だ。奴は触れる相手のスキルを消すような動きがある」

「でも」

リリアは俺の言葉に納得しない様子だ。うーん、少し焦っているようにも見える。

「まずは遠隔攻撃で。それでもダメなら、二人で突っ込もう。俺が触れられれば、何かわかるかもし

れない」

「はい……」

なんとか納得してもらい、俺はアヤメとシルフィードに指示を出す。

「それぞれ、スキル魔法で攻撃して見よう。できるだけ、触れないように」

「うん、お兄ちゃん！」

『はい、マスター』

返事を聞き、俺は魔王に話しかける。みんなの攻撃まで時間稼ぎをするために。

「魔王、お前の名は？」

【今さらねぇ。私は魔王ガーラ】

二人は余裕ぶって棒立ちしている魔王に向けて術を放つ。

すると今度も避けることなく全て命中する。ただ、やはり効果がないようだ。

【ふむ、なかなか高レベルの火炎魔法だねぇ。風の方は不甲斐ないが……そんなにコイツが心配か？】

魔王ガーラはそう言って、ティアの首筋を長い爪でなぞる。

「あ……」

その刺激のせいかティアの口から声が漏れた。

「くっ！　やめろっ！」

たまらず叫ぶ俺だったが、魔王はそれを嘲笑《あざわら》うように今度はその首筋に舌を這わせる。

魔王ガーラの余裕に満ちた態度は、全ての攻撃が通用しないからなのか？　防御力が高いだけなら、チクチク攻撃すればそれが積み重なることもあるだろう。

だが、そもそも通らない……？

俺はリリアを見た。すると目と目が合い彼女はうなずく。やはり突撃するしかなさそうだ。

「アヤメ、シルフィード、もう一度頼む。俺たちがツッコむまで続けて。リリアは俺と一緒に来てくれ」

みんながうなずくのを見て俺は走り出す。同時にリリアは俺と併走し、そして先行する。

俺をアヤメとシルフィードによる炎と風の魔法が追い越していく。それらが目隠しになっているうちに、魔王ガーラへと迫った。

リリアが斬りかかると同時に俺は手を伸ばし、魔王に触れる隙を窺う。

ダメージがなくとも、体を傷付けられるのを嫌ったのか魔王ガーラは俺に背を向け、リリアの剣を避け始めた。

これなら——いける!!

俺は無防備になった……舐め腐った魔王ガーラの背中に手を伸ばした。

その刹那、バチッと何かが弾ける音がした。俺の方ではない。魔王ガーラの方だ。

【クソッ！】

突然振り返った魔王ガーラが俺の首めがけて手を伸ばしてきた。コイツの手のひらに触れられるとスキルを消される。俺しかスキル【修復】ができないのであれば食らうわけにはいかない。

俺は一旦体を引き、フェイントをかけて迫る作戦を立てる。

うまくフェイントが決まれば勝ち。そうでなくても、俺の【修復】と魔王ガーラのスキル消滅、どっちが速いかの勝負になるだろう。

それでもなお、勝算は高いと踏んでいる。俺の方が冷静に、着実に起動できるだろう。理由は単純。

俺の方が手は長いし何より、突然魔王ガーラは焦り出しているからだ。

しかし。

「フィーグさん！」

なんと、リリアが魔王に体当たりをした。俺がやられると思ったのかもしれない。

【がッ……邪魔するな！】

魔王ガーラがリリアに触れるのが見えた。

「ああっ!!」

リリアの悲鳴。同時に、サッと身を引くリリア。かなり勝率の高い賭けが、リリアのおかげで勝ち確になった。

俺は魔王ガーラの隙を突き、その体に触れた。

「【診断】起動！」

俺の手のひらから魔王ガーラの情報が伝わってくる。

『名前：ガーラ

職種スキル：
【ダンジョン階層管理者：スキル付与】《警告！　暴走状態により【魔王：スキル撃滅】に変化》
【ダンジョン階層管理者：強制】　《警告！　暴走状態により【魔王：精神汚染】に変化》
身体スキル：
生死：生
精神属性：
中立【警告：暴走状態により混沌に変化】』

何？　ダンジョン階層管理者？　気になるが、一旦後回し。やはり、暴走状態だ。精神も混乱状態にある。これを修復すると状況が変わるだろう。

俺は修復スキルを起動しようとした。

【なっ……何を――】

魔王ガーラが大きく怯んだような気がする。その瞬間、

「はっ!!」

リリアの鋭い一撃が魔王ガーラを襲う。シュッという空気を切る音がして、魔王ガーラの腕が飛んだ。

腕はそのまま床に落ちるかと思ったが、すぐに黒い霧となって消える。そして地面に落ちる前に霧散した。

【クッ！　これ以上は！】

魔王ガーラが反撃とばかりに俺の方に手を伸ばす。なおもスキルを吸って優位に立つつもりだろう。

しかし、

【これはっ？】

「ん？」

何か見えない壁でもあるように、俺に触れようとしていた魔王ガーラの手のひらが弾かれた。

【貴様……まさか「マスター」なのか？】

「なんのことだ？」

【クソッ！】

魔王ガーラは、俺から距離を取り踵を返した。猛然と部屋の奥に向かって逃げ出している。

元々顔色があってないようなものだけど、魔王ガーラの顔色はさらに蒼白になっているような気がする。スキル修復が実質的な攻撃になるようだ。

魔王ガーラは、下層に下りる階段に飛び込むようにして姿を消したのだった。

「フィーグさん、追います！」

「いや、ティアが心配だ。それにリリア、君も修復が必要だ」

「……はい」

俺の能力が有効だとわかったし、スキル修復自体がダメージになったのがわかっただけでも大きい。

ただ、一方でリリアの攻撃もあまり意味がないことがわかってしまった。魔法的な攻撃はおろか、物理的な攻撃も決定打に欠ける。ならば、俺のみが魔王を倒すことができるということになる。

見ると、魔王ガーラが離れたことで、ティアの枷が外れたようだ。早速、リリアとアヤメが協力して降ろし様子を確認している。

「お兄ちゃん、外傷もないしたぶん大丈夫だと思うけど、念のため診てみて」

ああ、と俺は返事をしてティアのもとにひざまずく。

「フィーグ……様」

うっすらと目を開けたティアは俺を見てそう言った後、ハッと目を見開く。

「あ……私……こんな肌着だけの姿で——」

自分の格好を見て顔を赤くしながら起き上がるティア。しかし、まだふらつくようでうまく立てないようだ。

「無理するな。今すぐスキル修復を行う」

【診断】と【修復】を素早く行った。幸い、やはりスキルドレインというか消去みたいなことをされたようだが、元の状態まで戻すことができた。肉体的にも酷いことはされてないようだ。でもまあ、いろいろと舐められたところがあるようで、早く体を拭きたそうではある。

もうしばらくすると他のパーティメンバーもやってきそうだ。俺はある確信めいたものがあり、みんなに声をかける。

「全員、この場で待機。たぶん、他のパーティの人たちももうしばらくしたらここに来ると思う。俺は先行して魔王を追いかけようと思う」

「一人で？　私もお供しま――」

リリアが言いかけるが手で制した。確かにリリアがいてくれればありがたいけど、魔王ガーラにまともに対峙できるのは俺だけだろう。

「お兄ちゃん、本当に一人で行くの？」

俺を心配そうな眼差しで見つめてくるアヤメも同じく、魔王ガーラとまともに戦えないだろう。それに、魔王ガーラが求めているのは、どちらかというと俺の方だと思う。

「魔王ガーラは一旦退《ひ》いて体勢を立て直しているはずだ。そうなる前に、俺が先行する。もしやられても時間は稼げるだろうし、どうやら俺は魔王ガーラの攻撃に耐性があるようだ」

「「でも……」」

みんなが俺を心配してくれている。

「ああ、大丈夫さ。いざとなれば逃げるから、みんなで態勢を整えてから追ってきてくれ」

そう言って、俺は踵を返すと走り出す。後ろからみんなの声が届くが振り返ることなく進むことにした。

第二十三話

対決

階段を下りるとそこには広大な空間が広がっている。天井までは一〇メートル以上ありそうで、床の広さもかなりあった。

幸い、照明はあった。壁の所々に松明《たいまつ》が燃やされている。とはいえ、あれはおそらく魔法で生成されたもので永遠に光り続けるのだろう。

壁の三方はぼんやりと遠くに見え、いかに広大なのかがわかる。

もはやこの階はダンジョンではない。ただただ、広大な部屋が一つあるだけ、そんな感じに思える。この広さなら巨体の魔物であるドラゴンやゴーレムなども自由に動けることだろう。

そんな広い空間にポツリと佇む人影が見える。先ほど戦ったばかりの魔王ガーラだった。

その横にあるのは祭壇だろうか。その中央には台座のようなものが置かれているように見える。

台座に誰かが眠っているように見えるが……もしかして……あれはリリアが言っていた、彼女の兄ではないだろうか？

【クソっ……なんだあれは？　我の力が……急いで暴走を補充しなければ――】

先ほどのガーラがつぶやきながら、台座の上で横になっている人物に触れていた。

俺が間近に近づくまで気付かないくらいの慌てぶりだ。

「おい、その人は――」

そう声をかけた瞬間、俺に気付いたのか慌てて飛び退《の》き、キッと俺を睨みつける。

【お前か……お前は何者だ!?】

少し前にティアをいたぶっていたような余裕は見られない。妖艶な女性のような姿をしていたはずなのに、今は暴力に怯える少女のようだ。

怯えているのは俺の力に対してなのか？　それとも？

「……何者かと言われても困るんだが……単なる整備士――スキル整備士だ」

【何？　途轍《とてつ》もない強い力を感じたのに、整備士だと？】

「ああそうだ。俺自身は戦う力なんぞ持っていない。強大な力なんてとんでもない。それこそリリアや、アヤメ、先ほどお前がいたぶったティアの方がよっぽど強い」

俺はみんなの手伝いをしているだけなのだ。

それに――。

「魔王ガーラ。お前は終わりだよ。さらに多くの援軍がここに殺到するだろう」

【フン、有象無象《うぞうむぞう》がいくら集まったとて大したことはない。我の敵はお前一人だ！】

魔王ガーラは俺に手を向けるとそこから黒い霧のようなものが飛んでくる。それはまるで黒い炎のように揺らめきながら迫ってきた。

クッ。この期《ご》に及んでなんだこれは？　魔王ガーラは今まで直接触れることでしか攻撃できなかったのではないのか？

近づけば勝てると踏んでいた俺の予想が外れた。

【ハッハッハ……どうした？　お前を倒して、あとはゆっくりと後続を嬲るだけだ】

俺はなんとか黒い霧……まるで触手のように蠢くものを避ける。この攻撃を知っていれば、もっと慎重になったのだろうけど後の祭りだ。

いや、間髪入れずに俺だけで追いかけたからこそ、この程度で済んでいると考えるべきかもしれない。

なんとか避けながら思考を巡らす――コイツは、祭壇に横たわる人物に触れていたはずだ。

見ると、その祭壇に横たわる人物から黒い霧が伸び魔王ガーラを経由し俺に向けて伸びている。

……魔王ガーラがまるで、操り人形であるかのように。

全ての元凶は、祭壇に眠る人物かのように。まさか、この人は……？

俺は黒い霧を避けながら、祭壇に駆け寄ろうとすると目の前を魔王ガーラが塞ぐ。

【そっちには行かせん！】

「なるほど、急所はそこか！」

魔王ガーラがなりふり構わず俺に手を伸ばしてくる。反射的に俺の手のひらをぶつけた。

バチバチと互いのスキルがぶつかり合うが、互いに弾かれ数歩後ろに下がったところに、魔王ガーラが空中に浮き突撃してくる。

「グッ！」

俺は後ろに倒れ、したたかに背中を打った。目の前がチカチカして一瞬気が遠くなる。

それを見逃すはずもなく、そのまま馬乗りされる形となる。まずい、意識が霞がかかったように遠くなる。

【お前のスキルには簡単に触れることができないようだが、所詮は人間――】

俺の両手をガーラが片手で掴み頭の上に上げる。思うように力が入らない。

「何をするつもりだ？」

【心配せずとも、殺したりはしない。ただ、強固なスキルを消し去るためには精神的なガードを弱くしないといけないからな。我を受け入れよ――人間の男よ】

妖艶な笑みを浮かべ舌なめずりをする魔王ガーラはまさに淫魔のようだ。そして顔を近づけてくる。しかし、

《警告。このままではスキルの汚染が進行します。原因を排除してください》

頭の中で俺のスキル【魔改造】の言葉が響く。

しかし、先ほどから視界が霞み体に力が入らない。

俺が抵抗できないのをいいことに、魔王ガーラが俺の首筋に舌を這わす。すると生暖かい感触と共にゾワっとしたものが背筋を走る。

強烈な嫌悪感が込み上げてくる。思わず蹴り飛ばしそうになるが体が動かない。

「やめろ！」

俺は短く言葉を発することしかできない。そんな俺を見て満足そうに笑みを浮かべる魔王ガーラはそのまま首筋を舐め続ける。

気持ち悪さとは裏腹に、なぜか体が熱くなる。

【ふむ。所詮は男――他愛もないものだ。そのまま、我に身を預けるのだ】

「クッ……」

意識は相変わらず、ぼーっとしている。ふわふわしてそれ自体は心地が悪いわけではない。

だが、この強い拒否感、嫌悪感はいったいなんだ？　俺はその正体がつかめず困惑する。

そんな俺を見て、嬉しそうに目を細める魔王ガーラは、俺の胸に手を当てる。服の上からなぞり始めるその手つきはとても艶めかしくいやらしいものだ。

【なかなか強情な男だね。ここまで抵抗されるのは初めてだが、それだけに堕ちたときが楽しみだ】

そう言って今度は俺の腹をさすり始める。

この先、何をされるのか容易に想像がつく。俺の体が、俺のものじゃないように感じられる。

「俺から離れろ！」

【へえ。どこまで持つかしら？】

そう言うと、再びその顔を俺の顔に近づけ、唇が触れそうになる――その瞬間、頭の中が真っ白になり、闇の底に意識が沈む。

世界が白く染まっている。周囲には誰もおらず、俺一人だけだ。

……遠くで誰かの声が聞こえた。

「フィーグ様――」

この声は……ティアか。無事に回復したようだな。声の調子からもう大丈夫だろうと感じられる。

それに、ティアが重荷を背負うのなら何か力を貸してあげたい。なぜか、こんな危機的状況に晒《さら》されているのに、ふとそんな未来のことが頭によぎった。

「お兄ちゃん――」

次に聞こえたのはアヤメの声だ。その声には、もう弱さは感じられない。それでも、俺に頼ってくれそうな、そんな気がしている。大切な妹であり、俺の生きる理由でもある。

「フィーグ……様」

エリシスの声。俺を慕ってくれるのは嬉しいのだが、上下のない関係でいたいものだ。それに俺に依存しすぎることもなく、自由に生きて欲しい。

「パパぁ」

キラナの声はいつもはずんでいる。キラナにはどんな未来があるのだろう。彼女の声は太陽や月のようにいつも俺を照らしてくれる。

それから……フレッドさんやアルゲントゥさん。たくさんの声が聞こえて――最後に。

「フィーグさん」

この声はリリアだ。絶望に沈む俺にスキルを授けてくれて、ここまで一緒にやってきた。きっと、これからもずっとそうありたいと願っているのだけど、彼女はどう思っているのだろう？

ふと、そう思った瞬間俺の頭の中に響く声がある。

《条件を満たしました。【魔改造】が一段階性能が向上します。過去の魔改造を行ったスキルから一つ、保持するスキルを選択できるようになります》

急に体の感覚が戻る。消耗していた体力が回復するのを感じ意識が覚醒した。

体の感覚が元に戻る。視覚も回復し、目の前の光景を見て愕然とした。

目の前には俺の上で恍惚とした表情を浮かべる魔王ガーラがいる。そしてその手は、俺の下半身に到達しようとしていた。

「……ガーラ……何をしている？」

自分でも驚くほど低い声が出たと思う。同時に、俺はなすべきことに気付く。

頭の霞が全て消え、意識が覚醒する。掴まれた腕を振り払い俺は魔王ガーラの腕を掴んだ。

【なっ、どうして意識が戻っている？】

人の体を弄ぶのに夢中になっていたからだろうか。魔王ガーラの動きが一瞬遅れた。

「スキル【修復】起動！」

俺は叫ぶと同時に掴んでいた腕に力を入れる。

【うあああああああ！！！】

俺の頭に絶叫が響く。断末魔とも言って良いような叫びが。

第二十四話　階層管理者

《スキル修復完了しました。
『名前：ガーラ
職種スキル：
【ダンジョン階層管理者：スキル付与】《絶好調》
【ダンジョン階層管理者：強制】《絶好調》
身体スキル：
　生死：生
　精神属性：
中立』》

完了報告と同時に、魔王ガーラは俺の上から滑り落ち、両手で頭を押さえてのたうち回っている。

その口からは泡を吹き、白目を剥《む》いている状態だ。

そんな様子を見ていると、なんだか哀れにも思えてきた。

魔王という名前がついているが、深い階層で決着できたから被害はさほどないし、消滅させられたスキルは俺の力で回復も可能だ。

攻撃力こそなかったが、攻撃を無効にされるのはなかなかにタチが悪いし、人を惑わしたり、スキルを消滅させられるのはそれなりに厄介だった。

【ぐ……アタシは……いったいどうしたというのだ？】

しばらくして、魔王ガーラが頭を手で押さえながらよろよろと立ち上がる。

俺はすかさず、その手を握る。記憶に障害があるようだが、もし攻撃しようとしてくるのなら……と言っても、俺に何ができるかというと、もう何もできないのだが。

いざとなれば最悪短剣で突き刺せば良いのだろう。俺は短剣の柄に手を当てる。

「気分はどうだ？」

俺の言葉に反応するようにビクリと体を震わせると、ガーラは俺を見る。

【ふむ……君がアタシを正気に戻してくれた……のか？　まるで悪い夢を見ていたようだったが】

その瞳からは、悪意は感じられない。もっとも、それは俺がそう感じているだけ、感じたいだけなのだ。

俺は気になることを聞く。

「君は人間に対して害意はあるのか？」

【アタシはこのダンジョンの階層管理者だ。このダンジョンの管理のみが目的であり、それ以外は興味がない】

「その割に、ティアや俺に対して淫魔のような欲望を向けてなかったか？」

俺が聞くと、急に頬を赤らめモジモジし始めるガーラ。なんだこれ？

【いや、その……それは、アタシの精神がおかしくなっただけだ】

「つまり、精神が異常をきたしたのはスキル暴走が原因だと、そうなのか？　じゃあ、俺たちに危害は――」

【興味がない。だが……あなたには……】

「ん？」

【いや、なんでもない】

そのとき、上の階から誰かが下りてくるような気配があった。ドタドタと駆け下りる足音が聞こえてくる。そして、

「魔王ガーラ……フィーグさんから離れなさい！」

現れたのはリリアだ。瞳に炎のような業火が見えたような気がした。

俺は慌ててガーラと繋いだ手を離し、距離をとる。ガーラめがけてリリアが突撃してきたのだ。

「リリア！　もういいんだ！」

「まさか……フィーグさんを洗脳!?　許さない！」

俺の声を無視するかのように、そのまま突撃していくリリア。

「ストーップ!!　俺は正気だ」

リリアに体当たりするように抱き留めて、ようやくその突撃が停止したのだった。

◇◇◇

「リリア、落ち着いて」

我を失っていたリリアはなんとか正気に戻る。

「あ、はい。フィーグさん、ええと、魔王《こ》ガーラ《れ》は？」

「ああ、どうやらスキル暴走により人格すら変わっていたみたいだ。今は、俺たちには危害を加えない」

「本当でしょうか？」

うーと唸りつつも僅かに警戒を残すリリア。そんな様子を見ていたガーラは、リリアを見て眉を寄せる。

【うん？　似ているな……リリアと言ったか？　お前はあの祭壇の台座上に眠る男と血族の関係なのか？】

その言葉にビクッと反応するリリア。

「台座？」

ガーラが向ける視線の先に俺たちも目を向ける。部屋の奥の方に祭壇があり、その中央の台座上に誰かが眠っているのが見えた。

リリアと同じような、雰囲気を漂わせている。なんというか、神聖というか、エルフ特有の雰囲気と言えばいいのだろうか。

「お兄さま……」

「やはり……そうか」

俺たちは祭壇に近づく。

白い衣服に身を包んだエルフ。リリアと顔立ちが似ている。男性の様子で、エルフの特徴である長い耳に端整な顔立ち、神秘的な雰囲気だ。

しかし、そのエルフからは一切の生命力を感じなかった。

「お兄さま！」

リリアが叫ぶ。しかし、そのエルフは動く気配すらない。

「どうした？」

「やっぱり……だよね……ぐすっ…………フィーグさん……」

耐えきれない様子で俺に縋り、胸に顔を埋め泣き始めるリリア。そんな俺たちに声がかけられる。

「フィーグ様、これはいったい？」

「お兄ちゃん？」

ふと近くから聞こえた声に俺は顔を上げる。聖女のエリシス、そして妹のアヤメだ。

気がつけば、俺たちの周りには探索を行っていた冒険者たちが集まってきていた。彼らは一様にギョッとした様子でガーラを見るので、俺が簡単に説明をする。すると、すぐに危害を加えないと感じたのか通り過ぎていく。

周囲の様子に気付いたのか、リリアも顔を上げた。そして、

「皆さんにも、聞いていただきたいことがあります」

と流れる涙をそのままにして、事情を語り始めた。

「この人は、私の兄です。でも、この通りもう生きておりません。今から数年前の話です――」

リリアの話によると、彼はリリアのいたエルフの一族の長であったという。スキルを強化するスキル……つまり魔改造のスキルの研究を行っていたそうだ。

彼自身は【意思伝達《メッセージ》】というスキルを所持しており、これを魔改造するべく日々研究を行っていたようだ。

しかし――。

「ある日突然、兄が変わってしまったのです。まるで、全ての生き物に憎悪を向けるような、そんな言葉を吐き、周囲を攻撃し始めました。そして彼は、私以外の一族を全て倒し……そして最後に、私に手をかけたくないという想いにより……自らの命を絶ったのです」

確かに以前、リリアがいたエルフの一族が全滅したことを聞いていた。

壮絶な過去だと思ったのだが、さらに想像の上を行く事実であった。

「兄は自らの体に仕掛けを施していました。魂をこの――」

そう言って、リリアは持っていた袋から透明な珠を取り出した。

「水晶珠に封印することとです。前は話ができていたのですが……今はもう完全に……沈黙してしまいました」

確かに、以前見た水晶珠は透明だったけど、今は白く濁っているように見える。

一方のリリアの兄の亡骸は全く朽ちていないし、腐臭もしていない。エルフの死体はそういうものだと聞いたことがある。

「リリア、王都やこの街でスキル暴走が激しかったのは……これが原因なのか？」

「はい、おそらく」

俺のスキルが反応している。

死ぬとスキルそのものが消滅するのだが、どういうわけかこのリリアの兄の肉体にはいまだスキルが残っている。

暴走は他人に伝染《うつ》るものではない。しかし、彼のスキルは【意思伝達《メッセージ》】という、他人に意思を伝えるものだ。

つまり、暴走そのものをまき散らす存在になってしまったということだろう。

「わかった。つまり、このスキル暴走を止めれば良いんだな、リリア」

「はい……フィーグさん、お願いしてもいいでしょうか？」

「わかった」

俺は二つ返事で了承する。これで、暴走を異常に引き起こす事態が収まるだろう。様々な人を困らせていた原因が消滅するならお安い御用だ。

ゆっくりと手を伸ばし、その亡骸の胸に触れた。僅かな冷たさが手のひらに伝わってくる。

同時にスキルの存在も感じる。ああ、間違いない。いまだにスキルはこの肉体に残っていて、暴走をまき散らしている。地中深くにあるこのダンジョンであったからこそ暴走の程度はある程度抑えられていたのだろう。

ここに亡骸が転送された理由は謎だ。実は、リリアの兄がこの事態を予想して仕掛けをしていたのなら、わかるが……。しかし、結果としてリリアの兄が死してここにいることは事実で、そのおかげでスキル暴走が随分マシになっていたのは間違いないことだろう。

もっとも……このダンジョン管理者がそのおかげで暴走してしまったのだが。

「【スキル修復《メンテ》】、起動！」

俺は大きく声を上げた。起動した【魔改造】スキルからの情報が頭の中に展開される。

『名前：エラス《エルフ族》
職種スキル：
【意思伝達《メッセージ》】ＬＶ90《【警告：大暴走状態：精神汚染、及びスキル異常を周囲に伝達、鑑定関連スキルの阻害】》
【＊＊】《意思伝達《メッセージ》の阻害により不明。以下同様》
【＊＊】
【＊＊】
身体スキル：
　生死：死
状態スキル：
　身体スキル詳細：
　年齢　242歳』
《【意思伝達《メッセージ》】を修復します。よろしいですか？》
ＹＥＳ、と答えればいいはずだ。だけど、今まで見たことがないスキルの状態が気になる。他のスキルが調査できてないのは、【意思伝達《メッセージ》】の暴走によるものらしい。暴走を止めさえすれば、他のスキルも見えるようになるだろう。

だけど、大暴走状態？　この表記はどこかで見たような記憶がある。そう、少し前のこと――そうだ。

俺は思い出す。

魔導爆弾化されたキラナの暴走状態がそうだった。つまり、エラスもまた同じ……？

俺は首を左右に振る。だからどうだというのだ、この暴走状態を止めないと新たな被害者が生まれてしまう。ここにいる、仲間やギルドメンバーだってそうだ。

「YES！」

そう応えると同時に、スキルが起動する。

《スキルメンテを暴走中の【意思伝達《メッセージ》】に対して実行します》

俺は大きく息を吐いた。もう後戻りはできない。これで良いはずだという思いはあるし、修復の対象は既に亡くなっている。何も起きないはずだ。

《スキルメンテ：複製・整備・上書き…………魔改造を実行します》

状況が進行していく。修復は終わったようだ。しかし……。

《修復が完了しました。しかし、魔改造は失敗しました》

魔改造の失敗なんて初めてだ。とはいえ、修復さえ終わってしまえば問題ない。

「あの……フィーグさん……終わりましたか？」

リリアが不安げな表情を浮かべて俺に問いかけてきた。

「ああ、【意思伝達《メッセージ》】の暴走状態は解除できたはずだ。リリアの兄の魂も解放したから、もう肉体は朽ちるだけだ」

その言葉にリリアはホッとした様子を見せる。

「ありがとうございます」

「いや、今までリリアが諦めずに行動した結果だ」

「フィーグさん……う、ぐすっ……」

再びリリアは涙を目に浮かべ始めた。俺はリリアの頭にポンと手を置いてゆっくりと撫でる。

「お兄さまが……やっと……ようやく……」

エラスの肉体は時間をかけて朽ちるのだろう。あとは、目の前の亡骸が消滅するのを待つだけだ。

そう思ったのだが。

「ひっ、お兄ちゃん！」

アヤメの声に緊張が走る。

「どうした？」

「エラスさんの体が……動いて……」

祭壇の上にあるはずの亡骸に視線を向け、俺は目を凝らす。

「まさか？」

確かに、エラスが体を起こしている。嘘だろ……生き返った？　いや、そんなことあるのか？

「リリア……我が妹よ……いや、お前の周りにいる者たちはなんだ？」

「お兄さま！　どういうこと……？」

「うあああああああああああ!!」

突然、エラスは叫んだと思うと周囲に殺意をまき散らし始めた。スキル【意思伝達《メッセージ》】により、ただ一言『殺す』という意思が伝わってきた。

次の瞬間、俺めがけてエラスが駆けだしたのが見える。

「フィーグさん！」

俺の前にリリアが立ち塞がる。エラスが携えていた剣をリリアが受け止めていた。

「お兄さま！　お兄さま！　……くっ」

いったい何が起きているのか。おそらくだが、俺がスキルを修復したことで仕掛けられていた何かが発動したのだ。

様子から察するに、エラスの内部で時が戻っている？　リリアがいた一族を皆殺しにしたときに……？

せっかく修復した暴走状態が元に戻っているのだろう。いずれにしても、それを確かめなければいけないし、暴走状態に戻っているのならそれを修復しなくてはいけない。

「みんな！　エラスを攻撃して動きを止めてくれないか!?　もちろん無理はしなくていい。おそらくエラスは相当な手練れだ。負傷したら後ろに下がって欲しい！」

無茶なお願いだ。リリアと切り結んでいる姿を見ても相当な腕前なのがわかる。しかも土属性の魔法を使い攻守共に優れている。

だが、俺の言葉を聞いてもアヤメは迷いがないようだ。エリシスも前に出る。

「イフリート召喚！」

「ウララララララァ！！！」

アヤメは精霊召喚を、そしてエリシスは釘バットを振り回し突撃を開始した。いや、エリシスは後ろで負傷した冒険者の治癒を行って欲しいのだが、まあ両方こなせるのなら良いのだろう。

「俺たちも加勢するぜ！」

「私も応援する！」

他の冒険者も戦えるものは武器を手に取り、構えている。見ると、魔法学園の……俺がスキル修復したメンバーも見える。

「フィーグさん！　アヤメちゃん！　エリシスさん！　皆さん！」

リリアの呼びかけに俺はうなずいた。

「この戦いを最後にする。あとは俺に任せて欲しい」

「「「「はいっ！」」」」

◇◇◇

エラスは、その見た目に似合わない攻撃を放ってくる。

アヤメは精霊召喚で呼び出したイフリートに命令を出し、激しい戦いを繰り広げていた。

「次は死霊召喚！」

随分頼もしくなったアヤメが次の手を繰り出している。

エリシスは雄叫びを上げながら、【鬨《トキ》】を起動、全員のテンションを上げながらエラスに殴りかかっている。まさに、攻守共にこなしている。

他の冒険者も加勢し、全員が一塊となってぶつかっていく。

エルフの一族を皆殺しにした力を持つ強敵ではあるけど、俺たちの方が押している。しかし、まるで無限の魔力を持つかのように、エラスの攻撃は衰えない。このままでは、俺たちの側は魔力・体力切れを起こすかもしれない。

俺はエラスが見せるであろう隙を虎視眈々《たんたん》と窺っていた。

エラスに接近し、触れることで瞬時にスキル診断を行う。今の状況がわかれば、対策も立てられる。

再びスキルが暴走しているのであれば、それを修復してしまえば良い。

「今だ！」

俺は一瞬だけ隙を見せたエラスに接近、そして触れることに成功した。

『名前：エラス《エルフ族》
職種スキル：

【意思伝達】　ＬＶ90

【狂瀾】《【常時起動：目に入る生物全てを攻撃】》
【剣技】　ＬＶ90
【土属性魔法】　ＬＶ90
年齢：　２４２　歳
生死：生』

【狂瀾】？　なんだこのスキルは？　しかもこのスキルは暴走状態じゃない。つまり、修復ができない？

「フィーグさん、顔色が真っ青です！　下がりましょう」

リリアが俺の様子を見て心配そうに声をかけてくれた。

「わかった」

俺たちの様子から察したのか、エリシスは他の冒険者と前衛を交代してくれる。

「いったい、どうしたのですか？」

「ダメだ……修復ができない。今のあの状態が、正常状態だ。しかも、スキルが常時起動している。

あのままでは、命が尽きるまで殺戮《さつりく》をやめないだろう」

「そうですか」

リリアの声は、以外と冷静なものだった。

確かに、このままずっと攻撃していれば、いつかエラスは倒れるかもしれない。しかし、俺も含めてみんなに魔力が無尽蔵にあるわけではない。

今はエリシスやその他の冒険者が傷付いた者を癒やしているが、魔力が切れた途端じり貧になる。

「やっぱり……ダメみたいですね」

ふと俺は思い出す。リリアはこの状態のエラスを知っている。つまり、この状態がスキルの正常状態だということに気付いていた可能性がある。

いや、だがありえないことだ。エラスはある時期から変わった、という話であれば、その前はこのスキルが存在しなかったことになる。

だったら、エラス、もしくは何者かが、スキルを植え付けたということだ。そんなことが可能か？と言われると……気付く。魔改造も似たようなものだし、そもそも魔改造の元となった「改造」スキルはリリアに授けられたのだと。その手段は存在するのだ。

もちろん、兄にリリアが付与するはずがない。何か他のものの手によって、仕組まれたのだ。

「まさか、知っていたのか？」

「いいえ。今、ようやく確信に到りました。フィーグさんですら手を打てない状態である、という状態があるとすると、それはただ一つです」

「そうか……。しかし、このままでは……いや、俺の中にコピーを行い魔改造すればスキルを変質させられるのでは？」

言ってから気付く。

「いや、ダメだ」

「どうしてですか?」

【狂瀾】は常時起動のスキルだ。つまり、俺にコピーした瞬間に発動する」

もっとも、俺自身はそれほど手強《てごわ》くない。リリアによって倒されることになるだろう。

「まるで、俺のスキルが全く役に立たないように仕立てられたスキルのような……」

いや、まだ手はある。

俺は少し前に手に入れた能力を使い、過去魔改造したことがあるスキル――【次元隔離《バニッシュ》】を自らの内側にコピーした。

「フィーグさん?」

「ああ、大丈夫だ。あのときと同じ……【次元隔離】を使う」

まるであのときの再現だと俺は思った。キラナが魔導爆弾化されたときに俺が取った行動そのままだ。

つまり、エラス共々この空間を離れ、隔離された次元に行けば少なくとも被害はない。俺一人の命で済むなら安いものだ。

「【次元隔離】――起動!」

俺はスキルを起動しながら、前衛の間を縫いエラスに肉薄する。あとは、彼に触れたままスキルの起動を待てばいい。

しかし……。

「フィーグさん!」

リリアの温かくも冷たい声が耳に飛び込んできた。

「リリア？」

「今まで、隠し事していてごめんなさい。でも今まで一緒にいられたこと、感謝しているしずっと忘れません。最初から私はこの瞬間を予想していました。そして、その通りフィーグさんは導いてくれた」

「おい？　何を言っている？」

見ると、リリアの瞳からとめどなく涙が溢れていた。

「アヤメちゃん、そして他の皆さんも……今までありがとう」

リリアはニッコリと笑い、言葉を続けた。

「私のことは忘れてください！」

そう言って、リリアは誰も止められないまま、俺に肉薄し突き飛ばしてきた。

「おい！　何をする！」

「私の一族の……家族の問題を他の人に任せるわけにはいきません」

次の瞬間、エラスの足下に展開していた魔方陣が光を放った。そして、俺と入れ替わりとなったリリアとエラスが宙に浮く。

「しまった!!」

次元隔離が完全に起動した。俺の声も虚しく、二人の姿は光の粒子となり消えていく。

リリアは最初からこうするつもりだったのかもしれない。

「くそっ！」

俺は思考を巡らしながら、ついさっきまでリリアがいた空間を見つめていた。次元隔離は発動ごとに異なる空間に対象者を転移させる。その場所は……完全にランダムで……特定は極めて難しい。

「だが、何か方法があるはずだ……ん？」

俺は、リリアがいた場所の床に、何かが落ちていることに気付いた。

リリアが身につけていた鎧《よろい》と、剣の破片だ。おそらく、一部分が魔方陣の外に漏れていて、転送されなかったのだろう。

「そうか、これがあれば……」

第二十六話　次元の果て

「フィーグさん、怒ってるよね……」

リリアは隔離された異空間で、膝を抱えて座っていた。

同じ空間にもう一人、白い衣服を身につけたエラスがいる。

咄嗟に取った行動で、世界から隔離され次元の彼方に転送されてから、丸一日経っていた。

エラスは身動きせず、ただ突っ立ってリリアを見降ろしている。

「ふむ……」

彼を突き動かしていた【狂瀾】は次元の彼方でリリアと二人だけになることによって停止した。

元々、このスキルに抵抗してきたエラスは、リリアにだけは殺意が向かないように抵抗ができるようになっていた。だからこそ、一族のうちリリアだけが生き延びたのだ。

けれど。

「せっかく、兄さんを元に戻せたのに、もう元の世界に帰ることができないなんて」

「それは……すまんな」

「ううん。だけど、こうやってまた話すことができて私は嬉しいの。あのとき打てる手でこれが最善だったんじゃないかな」

言葉とは違い、うつむくリリアの表情はエラスから見えなかった。

「しかし、リリアは強い未練を抱いているのではないか？　俺はもう、知る者が誰もいない世界に未練はないが」

「……うん」

リリアは短く答える。

「あの男、フィーグのことか？」

「ちょっ……フィーグさんのこと知っているの？」

「多少の記憶は残っているからな。この次元隔離も彼のスキルなのだろう？」

「うん。また会いたいなぁ」

「ふむ……だが、こちらの世界に彼が来ることはないだろう。来る手段があっても、場所の特定は困難だ」

「だよね」

再び長い沈黙が訪れる。

それに我慢ができなかったのはエラスの方だ。

「で、フィーグというのはどういう男なのだ？」

「うーん、フィーグさんはね、私を励ましてくれたし、出会う人が困っているのをなんとかして……それでもね、君の力のおかげだよって言って……優しいって言うのとはちょっと違うかもしれない」

「そうか？　そういうのが優しさじゃないか？」

「ううん……。『君の力のおかげ』の本当の意味は、『だから俺がいなくても大丈夫』ってことなの。

あとは自分で頑張れと……そう言って背中を押すだけ」

「なるほどなあ」

エラスはそう言って顎に手をやった。

「ふふっ……兄さんもフィーグさんの良さがわかった？」

「いや、全然わからないが。ただ――」

そう言ってエラスはニヤリとする。

「ただ、何？」

「リリアは本当にフィーグのことが好きなんだと、それがわかったよ」

「……そう……だね」

リリアは頬を赤らめながら、小さくうなずいた。


再び沈黙が訪れてからしばらくして。

ふと、リリアは異変に気付く。

この空間は何も見えない漆黒の世界だ。しかし、何かが……点ほどの何かが現れてその気配が近づいてくるのをリリアは感じた。

「何これ……？」

リリアがそう声に出した瞬間、目の前の空間にノイズが走った。そのノイズは徐々に広がり、そして大きくなっていく。

「まさか？　これが、これがフィーグの力だというのか？」

「そんな……まさか……？　絶対に無理だと思っていたのに……どうして……どうしていつもあなたは……」

リリアの声が少し震えていた。嬉しさや驚き、感動……様々な感情が入り混じっていた。

「じゃあ、リリア、さらばだ。まさかと思っていたが、本当に来てしまうとは」

「兄さん？」

リリアは立ち上がり、エラスに向かい合う。それに合わせるようにエラスは手刀を自らの胸に当てた。

その先には心臓がある。

「ああ、もし彼がこの空間に現れたら……俺は彼を殺すためだけの存在になってしまう。もちろんリリアは庇《かば》うだろうが、兄殺しをさせるわけにもいかんだろう」

「……そんな……」

「フィーグとやらと一度話してみたかったが、それは叶わない。達者でな、リリア」

「兄さん！」

リリアが止める間もなく、エラスは背を向け自らの胸に指先を突き刺す。大量の血液が溢れ、

「ぐふっ……」

ひざまずき、血を吐くエラスにリリアは縋ることしかできない。

リリアはただただ、泣くことしかできなかった。

「兄さん！　兄さん……！」

◇◇◇

俺はかつてないほど、嫌な予感がしていた。

「ごめんなさいフィーグさん。今まで、ありがとう――」

という言葉を残し【次元隔離《バニッシュ》】によって姿を消す瞬間のリリアの表情。それは、まさに死を決意するようなもので。

「クソッ……ここまで来て……！　だけど！」

俺は諦めなかった。【次元飛翔】のスキルでリリアがいる次元に行くことは可能だ。本来、スキルを持つキラナが近くにいなければならないが、最近取得したスキルにより呼び起こすことができるようになった。しかし……はたと気付く。

リリアはどこにいるのかがわからなければどうしようもない。しらみつぶしで発見できるほど甘くないのだ。

「考えろ……考えろ。きっと、何か方法があるはずだ」

周囲の者たちは諦めかけていたが、俺がまだ捜す気であることを知ると、少し士気を取り戻したようだった。

「フィーグ様、私に何かできることが……？」

釘バットを引きずりながらやってきたエリシスが俺の顔を覗き込んでくる。

「ああ、そうだな。もしかしたら、飛んだ先で君の力が必要かもしれない」

俺の目に彼女の釘棍棒が映る。そうだ、元々彼女が持っていた釘バットは――確か幼馴染みの武器屋であつらえたというものだ。

そういえば、リリアの装備も新調した……あっ！

思い出す。確か、彼女の鎧にエンチャントされたスキルがあることを。それは【探索者《サーチャー》】、モノ探しのエンチャントスキルだ。

「フィーグ様？　何か思いついたのですか？」

俺の様子に気付いたエリシスを引き寄せ抱き締める。

「さあ、行こう。リリアが待っている」

その意味に気付いたのか、エリシスが顔を上げる。

「はい！　フィーグ様」


まずは、【探索者《サーチャー》】、そして【次元飛翔】のスキルを俺の中に取り込み、順に起動した。

周囲の景色が変わり何もない真っ暗な空間に転移する。俺の背中からは輝く羽が現れ羽ばたくことで、空間を移動する。そのまま、リリアのいる次元を目指すのだ。

「これが【次元飛翔】。フィーグ様に羽が……！」

「そうか、エリシスは初めて見るか」

「はい」

うっとりとした表情のエリシスを抱えたまま、俺は次元の狭間《はざま》を飛び続ける。

場所がわかってしまえば、大した時間がかからない。それが、【次元飛翔】のスキルだ。程なくして、ぼんやりと人の気配を感じる。間違いない。この感覚はリリアだ。

しかし、その気配は一人だけでエラスのものは感じられなかった。

「やっぱり」

予想通りになったと思い俺はつぶやく。なんとなくだけど、エラスは再び自らの命を絶つのではないかと、そう感じていた。

「フィーグ様？」

「ああ、大丈夫だ。そのために君を、エリシスを連れてきたんだ」

そしてついに、何もない空間に二人の人影が見えた。一人が寝そべっていて、その体に縋るもう一人の姿があった。

「フィーグさん……兄さんが……！」

「リリアっ！　すまない遅くなった！」

「そんな……そんな……！」

リリアの瞳から、涙がポロポロとこぼれる。

見ると、エラスが口の端から血を流して事切れているように見えた。

「やっぱり、また自ら命を――」

しかし悪いことだけではない。俺が修復したからだろうか、正常状態となった彼のスキルは肉体に残ることなく全て消滅しているようだ。

それは、人が死ぬときの摂理。魂は天に昇っていき、スキルは消滅する。

「はい……」

リリアの瞳から光が失われている。無理もない。二度も兄が自殺するという体験をしたのだ。

せっかく俺のスキルで整備したのに、こんな結果で終われるはずがない。

「エリシス、エラスを助けられるか？」

「おそらく彼は……もう」

うつむきそう言いながら、エリシスはエラスの傍らにひざまずき、手を彼の胸に当てる。

「【大回復《ヒーリング》】！」

しかし、エラスの体はなんの反応も示さなかった。

「やはり……もう亡くなっています。欠損すら回復させるこのスキルも、死者には無意味です……」

ふう、と俺は息をつき、うつむいたままのエリシスに触れる。

「フィーグさん……エリシスさん……。ありがとうございます。兄の亡骸はここに残しておけば、二度と誰かを傷付けることはないでしょう」

俺たちの様子を見てからだろうか、リリアが立ち上がっていた。

心の整理がついたのだろうか。

「確かにリリアの言う通りだ。しかし――」

まだだ。俺には、まだやれることがある。

それこそ、俺がここにいる理由だ。目を瞑り息を大きく吸い、俺は最後の希望に賭けることにした。

「【魔改造】発動、対象はエリシスの【大回復《ヒーリング》】だ」

【大回復《ヒーリング》】はエリシスが聖女となったときに獲得したスキルだ。まだ魔改造されていない、エリシスのスキルの一つだ。俺の頭の中に、いつもの声が響く。

《【大回復《ヒーリング》】をエリシスの特性である信仰心を利用して魔改造します……失敗……失敗……》

スキル魔改造に失敗している。しかし、一度で諦めず何度もトライしている。こんなことは今までなかった。

《フィーグの願い、リリアの願いの強さにより……試行を繰り返します……失敗……失敗……》

魔改造スキルが勝手に俺たちの気持ちを読み込んでいるのだろうか？

そんなありえないことを考えてしまうほど、その作業には時間がかかるようだった。

そして……。

《フィーグの願い……スキル【大回復《ヒーリング》】をエリシスの特性である信仰心を利用して魔改造します……成功》

その瞬間、目の前が真っ白になった。発光しているのはエリシスだ。

《エリシスの職種《クラス》が【聖女】から、【偉大なる聖女】に進化。【大回復《ヒーリング》】は【復活の呪文《レイズデッド》】に魔改造されました。ただ一度だけ、対象の身体スキル：死から、生状態に戻すことが可能です。ただし、使用

後に【復活の呪文《レイズデッド》】スキルは消滅します》

「ああ……やはり……フィーグ様は……神だったのですね」

エリシスは震える声でそう言い、スキルを起動する。

「【復活の呪文《レイズデッド》】起動！　エラスの魂をここに!!」

その瞬間、エラスの体がうっすらと光り輝く。

光はどんどんとその量を増し、眩い光が周囲を覆い俺たちの視界を奪った。

しかし、しかしだ。感じるのだ。明らかに生きる気配が一つ増えたことを。エラスの魂が体に宿り、その肉体に温もりが戻り、その胸が上下し始めることを。

ただし、エラスが全てのスキルを失っているのを感じる——即ち、彼の体にあった暴走を振りまくスキルも消滅したままだ。

復活のペナルティということなのだろう。でも生きている、それだけで——。

「ああ……ああ……フィーグさん。フィーグさん！」

涙に濡れたリリアの声と共に胸に飛び込んでくるリリア。

俺はその声に応えるために、声を張り上げる。

「もう、なんとお礼を言ったら良いのか……。何度も何度も諦めようと思ったそのたびに、フィーグさんは……私を救ってくださり……」

「そうだな。リリアが頑張っていたのもあるけど、俺の望みでもある」

「ああ……」

もう声にならない声を上げ、リリアは俺の胸で泣きじゃくるのだった。

そんなリリアを傍らに抱き締めながら、俺は声をみんなにかける。

「さあみんな、帰ろう。俺たちがいるべき世界へ。みんなが待っている世界へ！」

「「はいっ！！！」」

エピローグ

——数日後。


チュンチュンという鳥の声と、朝日の眩い光を感じて目を開ける。

視線の先にはいつもの天井があり、傍らにはいつもの温もりを感じた。

「すう……すう」

寝息がする方向を見ると、俺に抱きついたまま眠っているリリアの肩が見えた。そっと掛け布団を直して素肌を隠してやる。

「ん……フィーグさん……？」

起こしてしまったのだろうか、リリアの声が聞こえた。俺はそっと彼女の頭を撫でる。同時に、何も纏っていない素肌が、俺の体にくっつくのを感じた。

「まだ寝てていいよ」

「はい……じゃあ、もう少しだけ」

そう言いつつもリリアは眠る様子はなく、俺の胸元にすりすりと顔を寄せてくる。

「ふふ、フィーグさん」

「どうした？」

「私、幸せです。こんな日が来るなんて……。本当にありがとうございます」

リリアは常に俺を利用し騙しているという自覚があったらしく、心苦しい日々を送っていたようだ。

なんとなく、よそよそしさを感じることがあったけど、全ては兄を救うため必死だったのだろう。

「そういえば、リリアのお兄さんとは……あまり話ができなかったな」

リリアと彼女の兄、エラスを連れて俺たちはこの世界に帰還した。

エラス自身はすぐに回復し、スキルは全て失ったものの普通に生活を過ごせるようになった。失った、といっても俺はもう少し詳しいことがわかる。

正確には「職種スキル」を失っただけであって、それ以外の特性などは失っていない。エルフ特有の長寿だとか、器用さだとか肉体に元々備わるスキルは残っていたのだ。

「ええ。迷惑をかけた場所に長居はできないとのことで、里に戻るそうです。それと……なぜ、あのような混沌をまき散らすようなスキルが生じたのかも調べたいとのことです」

俺も気になっている。あのスキルは存在するだけで死をまき散らすものだ。それが暴走すると、同じ次元にいる者のスキルを暴走させる。そんなものがいつから彼の体内に芽生えたのか。

そしてなんとなく、それが何者かの仕業であるようにも感じている。キラナが魔導爆弾にされたように、何者かが彼に手を加えたのでは……？

「リリア、君の兄が何か見つけたなら必ず俺にも教えて欲しい」

「はい。今度は……何も隠さず……全てを伝えます。何かあれば、一緒に解決したいです」

「ああ――」

俺がうなずくと、リリアが口を塞ぐようにキスをしてきた。俺は仕返しとばかりに舌を絡め、彼女のすべすべの肌に手を伸ばし触れた。

「あ……フィーグ……さんっ……」

ベッドから出るのはもう少し遅くになりそうだなと感じながら、俺の視線の意識はリリアのみずみずしい素肌に引き寄せられるのだった。

◇◇◇

「お兄ちゃん……リリアさんも、遅ーい！」

「パパとママ、お寝坊さんです」

俺とリリアが食卓の席に着いたときには、既にアヤメとキラナは朝食をとり終わっていた。

アヤメに到っては既に魔法学園の制服に身を包んでいる。

「仲がいいのは良いが、キラナの教育にはどうかわからんな」

アルゲントゥは、表情を変えないままチクリと苦言を呈してくる。俺とリリアがベッドで何をしていたのか、完全に把握しているのだろう。

「お、おはよう……アヤメ、キラナ、アルゲントゥ」

「おはようございます……。す、すみません！」

慌てふためく俺とリリアを見てアヤメがクスッと笑った。それを横目に、

「じゃあ、いただきます」

と言ってから朝食として並べられたパンに手を伸ばす。いつもの光景だ。

だけど、今日は違っていた。

ドンドン、と外から玄関のドアを叩く音がする。

「はいはーい。この感じ、フレッドさんかな？」

ぱたぱたとアヤメが玄関に向かいドアを開けると、そこに立っていたのは予想通りフレッドさんだった。

「アヤメちゃん、おはよう。フィーグ、武闘大会の件なんだが、ちょっと見て欲しいものがある」

フレッドさんがそう言いながら、ズカズカと家に上がってきて俺の目の前に一枚のチケットを広げた。

「武闘大会って、王都でやるやつだよね？」

「ああ。前言ってたよな？　腕試しで出るって。エントリーだけしておいたのだけど」

チケットをテーブルの上に広げて、フレッドさんは口火を切る。そこには俺たちが来年開催予定の【剣王祭】の内容と日程が書かれている。

そして出場者一覧だ。代表者として俺の名前がバーンと載っている。

「改めて自分の名前を見るとドキッとするね。で……これが何か？」

「ここを見てくれ。ここだ」

フレッドさんは出場者の欄を指差した。いくつか知らない名前が並んでいる。しかし――。

「あの……フィーグさん、これって……？」

「ああ、この名前は、間違いない」

シード枠の中に、見覚えのある名前があった。勇者アクファ——俺を勇者パーティメンバーから追放した男。

そして、少し前に王都で俺が竜となり思い切り蹴り飛ばし遙か彼方に飛んでいってしまった男。まだ生きていたのか……。まあ、あれくらいで死ぬなら勇者などしていないか。

だけど、アクファってお尋ね者になってなかったか？

「フレッドさん、これどういうこと？」

「わからない。ただ一つ確かなことは『この男が出場する』ということだけだ。どうする？」

聞きながらも、フレッドさんは期待に満ちた顔で俺の瞳を見つめてくる。

もちろん、答えは決まっている。俺がパーティメンバーを集めた理由の一つに、勇者パーティを見返すというのがあるのだ。

そのチャンスがやってきたことになる。

「どうするも何も……俺とリリアは出場するよ。フレッドさんも出る？」

「ああ、出るぞ。褒美もあるし、フィーグを追放したという勇者の奴を一発殴ってやりたいしな」

俺とフレッドさんの会話に、リリアとアヤメが口を挟む。

「フィーグさん、もちろん私も行きます」

「お兄ちゃん、ウチも！」

さらに、

「じゃあ、あたしも！」

「久しぶりに腕試しも良かろうかのう」

キラナとアルゲントゥはよくわかっていなさそうなものの参加の意思を示した。人の戦いにドラゴン勢が参加したらとんでもないことになりそうだけど、キラナは勇者アクファに一撃を貰っていたはずだ。そのお返しをしたいという気持ちはわかる。

「聞き捨てならないことが聞こえました。もちろん、私も参加しても良いですよね？　フィーグ様！」

どこから聞きつけたのか、エリシスが現れた。神殿から走ってきたのだろうけど、息に乱れはない。

俺のパーティメンバーは――。

リリアが剣士、フレッドさんがモンクで前衛、エリシスが聖女兼鈍器使いで遊撃がいいだろう。その後ろにリーダーの俺、そして竜族のキラナと銀竜であるアルゲントゥ。

俺にはもったいないと感じるほどに完璧とも言える布陣だ。

「【剣王祭】は、一週間後予選開始か。じゃあ、一発勇者アクファをぶん殴るために王都に向かおうか！」

「「「「「「おー！」」」」」」

元気な声が、リビングにこだまするのであった。

《了》

あとがき

皆様、こんにちは。手嶋ゆっきーです。再びこのような形でお話しできること、そして「【最強の整備士】役立たずと言われたスキルメンテで俺は全てを、「魔改造」する！　～みんなの真の力を開放したら、世界最強パーティになっていた～」の二巻を手に取っていただけたことに心から感謝申し上げます。

一巻の発売以来、多くの温かい声援と貴重なご意見をいただきました。読者の皆様の応援があったからこそ、この二巻を世に出すことができました。本当にありがとうございます。

この二巻では、舞台を学園の地下に移し、ダンジョンでの冒険を描くとともにキャラクターたちの成長をメインに描いてみました。一巻でご好評いただいたキャラクターたちも、さらに魅力を増したはずです。

この二巻の完成には多くの方々の支援がありました。編集を担当してくださった担当編集者Oさま Fさま、素晴らしいイラストを提供してくださったダイエクスト様、そして私の作品に対して貴重な助言をくださった多くの仲間たちに、改めて深く感謝します。

そして、特別な感謝を伝えたいのは、常に私を支えてくれる読者の皆様です。皆様の声が私の創作活動の原動力となっています。今後も皆様の期待に応えるべく、精進して参りますので、引き続きの応援をよろしくお願い致します。

最後になりましたが、この二巻を楽しんでいただけることを心から願っています。そして、引き続きご感想やご意見をお聞かせいただければ幸いです。
それでは、また次の機会にお会いできることを願って。
本当にありがとうございました！

手嶋ゆっきー

唯一無二の最強テイマー
～国の全てのギルドで門前払いされたから、
他国に行ってスローライフします～
原作：赤金武蔵　漫画：田村紘一
キャラクター原案：LLLthika
異世界還りのおっさんは
終末世界で無双する
原作：羽々音色　漫画：ダンタガワ
ジャガイモ農家の村娘、
剣神と謳われるまで。
原作：有郷　葉　漫画：たぢまよしかづ
キャラクター原案：黒兎ゆう

雷帝と呼ばれた
最強冒険者、
魔術学院に入学して
一切の遠慮なく無双する
原作：五月蒼　漫画：こばしがわ
キャラクター原案：マニャ子
どれだけ努力しても
万年レベル0の俺は
追放された
原作：蓮池タロウ　漫画：そらモチ
モブ高生の俺でも冒険者になれば
リア充になれますか？
原作：百均　漫画：さぎやまれん　キャラクター原案：hai
COMIC
NoVA
ノヴァ
https://www.123hon.com/nova/
話題の作品
続々連載開始!!

転生貴族の異世界冒険録
～カインのやりすぎギルド日記～
原作：夜州
漫画：香本セトラ
キャラクター原案：藻
レベル１の最強賢者
原作：木塚麻弥
漫画：かん奈
キャラクター原案：水季
我輩は猫魔導師である
原作：猫神信仰研究会
漫画：三國大和
キャラクター原案：ハム

捨てられ騎士の逆転記！
原作：和田 真尚
漫画：絢瀬あとり
キャラクター原案：オウカ
身体を奪われたわたしと、
魔導師のパパ
原作：池中織奈
漫画：みやのより
キャラクター原案：まろ
バートレット英雄譚
原作：上谷岩清
漫画：三國大和
キャラクター原案：桧野ひなこ
コミックポルカ
COMICPOLCA
話題のコミカライズ作品を続々掲載中！
毎週金曜更新
公式サイト
https://www.123hon.com/polca/
Twitter
https://twitter.com/comic_polca
コミックポルカ
検索

【最強の整備士】
役立たずと言われたスキルメンテで
俺は全てを、「魔改造」する！2
～みんなの真の力を開放したら、
世界最強パーティになっていた～

発　行
2024年2月15日　初版発行

著　者
手嶋ゆっきー

発行人
山崎　篤

発行・発売
株式会社一二三書房
〒101-0003　東京都千代田区一ツ橋2-4-3 光文恒産ビル
03-3265-1881

編集協力
株式会社パルプライド

印　刷
中央精版印刷株式会社

作品の感想、ファンレターをお待ちしております。
〒101-0003　東京都千代田区一ツ橋2-4-3 光文恒産ビル
株式会社一二三書房
手嶋ゆっきー 先生／ダイエクスト 先生

Printed in Japan, ISBN 978-4-8242-0111-9 C0093
※本書は小説投稿サイト「小説家になろう」（https://syosetu.com/）に
掲載された作品を加筆修正し書籍化したものです。